“검은, 네피……?”
포레가 떨리는 목소리로 중얼거린다.
그 소녀는 마치 거울로 비춘 것처럼
네피와 똑같은 얼굴이었다.
마왕인 내가 노예 엘프를 신부로 삼았는데 어떻게 사랑하면 되지?

라파엘
전(前) 성기사. 현역 시절엔 '마술사 사냥꾼'이라 불리며 모두에게 두려움의 대상이었다. 현재는 자간의 집사로 일하고 있다. 이번에는 마술사들이 모이는 '야회(夜會)'에 잠입하기 위해 전신 갑옷을 착용했다.
샤스틸 릴키비스트
성검의 계승자이자 성검의 소녀라 불리는 소녀. 검의 달인이지만 너무 착해서 쉽게 속는다. 마술사를 토벌하는 과정에서 위험에 처했을 때 자간의 도움을 받아 목숨을 건졌다. 덕분에 사악한 존재인 줄만 알았던 마술사 자간에 대한 마음 때문에 갈등하고 있다.
윌 포레
강해지기 위해 마왕이 된 자간의 힘을 빼앗으려고 습격한 용족 소녀. 애칭은 포레. 자간에게 패한 후 성에서 네피를 도우며 지내고 있다.

자간
고아로 태어나 어린 시절 어
떤 마술사에게 실험용으로 유괴
되었으나, 반대로 그 마술사를 암
살하고 재산과 지식을 손에 넣었
다. 네피에게 첫눈에 반해 돈을 지
불하고 샀지만 다른 사람에게 호
감을 가지게 된 것이 처음이라
어떻게 대하면 좋을지 몰라
서 고민 중이다.
네페리아
하얀 머리를 가진 희귀한
엘프 소녀. 애칭은 네피. 뛰어
난 마력을 가진 엘프 중에서도
유난히 강한 마력 때문에 '저주
받은 아이' 취급을 당했다. 자신
에게 '필요하다'라고 말해준 자
간에게 조금씩 호감을 가지
게 된다.

도와주고 싶어.
구해주고 싶어.
그렇게 소망하자 노랫말은
저절로 입에서 흘러나왔다.
“——그대는 별처럼 빛나는 자.
천칭을 들고 선악을 중재하는 자——”
달을 등진 네피의 몸은
무수한 별빛에
휩싸이기 시작했다.

마왕인 내가 노예 엘프를 신부로 삼았는데 어떻게 사랑하면 되지? 3

지음/테시마 후미노리 • 일러스트/COMTA • 옮김/권미량

NEXT

커버 그림 · 본문 일러스트 **COMTA**

Contents

✡ 프롤로그

"네피, 나 저거 먹고 싶어."

"이제 곧 저녁을 먹을 시간이라 안 돼요, 포레."

무역 도시 큐아노에이데스.

해가 저물어 노을이 깔리기 시작한 그 거리를 네피는 어린 소녀와 손을 잡고 걷고 있었다. 장도 볼 겸 친구인 샤스틸과 마뉴엘라를 만나고 돌아가는 길이었다.

허리까지 내려오는 새하얀 머리를 붉은 리본으로 묶고 뾰족한 귀와 감청색 눈동자를 가진 엘프라 불리는 종족의 소녀다. 오늘도 군청색 원피스에 새하얀 앞치마를 걸치고 피로를 경감시켜주는 마술이 걸려 있는 부츠를 신었다.

네피의 목에는 가냘픈 몸에 어울리지 않는 투박한 목걸이가 채워져 있었다.

노예가 하는 목걸이지만 네피에게는 주인과의 소중한 유대감을 뜻하는 증표였다.

그런 네피와 손을 잡고 가게 앞에 내놓은 사탕과자를 가리키고 있는 건 포레였다.

열 살 남짓해 보이는 어린 소녀로 새싹처럼 싱그러운 초록 머리에 고양이 귀를 본뜬 후드를 썼다. 하얀색과 심홍색을 베이스로 한 민족 의상을 입고 있으며 후드 속에는 뿔 두 개가 솟아 있다.

인간의 모습을 하고 있지만 사실은 어린 용이다.

달콤한 향기가 풍겨오자 네피도 식욕이 동했지만 포레의 손을 잡아끌며 어쩔 수 없다는 듯 대답했다. 이 시간에 간식을 먹으면 저녁밥이 잘 들어가지 않는다. 그녀들의 주인인 자간은 착한 사람이지만 먹을 것을 소홀히 하는 건 극단적으로 싫어한다.

네피의 손에는 사람 아기 정도는 너끈히 들어갈 만큼 커다란 바구니가 들려 있고 거기엔 이미 식재료가 잔뜩 들어 있었다.

떼를 써도 소용이 없자 포레는 뺨을 불룩 부풀리면서도 어딘가 기대가 담긴 눈으로 네피를 올려다봤다.

"오늘 저녁은 뭐야?"

"오늘 저녁은 영계 오븐 구이와 콘스프랍니다. 그리고……, 그래요, 디저트로 푸딩이라도 만들까요?"

"——그럼 얼른 돌아가자!"

간식을 사지 않은 대신 디저트를 만들어주기로 하자 포레의 호박색 눈동자가 반짝였다.

그리고 후드 사이로 보이는 세 가닥으로 땋은 녹색 머리를 흔들며 네피의 손을 신나게 잡아끈다.

"그래요. 자간 님도 배고프실 거예요."

"날아갈까?"

용의 모습을 한 포레는 아직 어리긴 해도 인간 몇 명 정도는 태우고 하늘을 날 수 있을 만한 크기라 가끔 네피도 탄 적이 있다.

네피의 표정에는 아무 변화도 없었지만 꽤나 흐뭇한 모양인지 뾰족한 귀를 움찔움찔 떨면서 고개를 가로저었다.

"라파엘 씨도 있으니까 그렇게 서두르지 않아도 돼요."

말은 그렇게 했지만 식사를 할 때면 볼 수 있는, 살짝 기뻐하는 주인의 얼굴이 떠오르자 네피도 귀가를 서둘렀다.

포레가 자간의 성으로 온 지도 벌써 한 달이 지났다.

이 마을에서는 두 사람의 이런 모습을 흔히 볼 수 있어서 주위를 오가는 사람들과 가게 점원들도 흐뭇한 눈길로 그들을 바라보고 있었다.

그때였다.

"——네피, 위험해!"

갑자기 포레가 네피를 밀었다.

뒤로 벌렁 쓰러지는 바람에 손에서 바구니가 떨어진다. 안에 든 식재료가 쏟아져 바닥에 어지럽게 흩어졌다.

뒤이어 그 자리에 빛으로 된 화살이 몇 개나 쏟아졌다.

——마술……, 공격을 당한 건가?

네피가 몸을 일으킬 즈음, 포레는 이미 일어나 태세를 갖추고 있었다.

어린 소녀가 노려보는 곳에는 로브로 몸을 감싼 사람이 하나 있었다. 얼굴까지 다 가려져 있어서 종족까지는 잘 모르겠지만 어린아이, 그렇지 않으면 여자일 것이다. 느슨한 로브를 걸치고 있어도 작은 체구를 가진 사람이라는 것을 알 수 있었다.

그 사람은 로브 사이로 팔을 슥 내밀더니 네피를 가리켰다.

"당신이 네페리아?"

역시 여자인 듯하다. 구슬이 굴러가는 것 같은 목소리였다.

하지만 그 목소리를 들은 네피는 위화감을 느꼈다. 포레도 마찬가지인지 앳된 표정에 적잖이 동요하는 빛이 떠올랐다.

아무 대답도 못하고 있자 로브 아래로 보이는 입술이 미소를 짓는 것처럼 일그러졌다.

"확인할 것까지도 없겠군. ——죽어줘야겠어."

그리고 새빨간 입술이 뭔가를 중얼거린다.

"——."

그 말을 들은 네피의 등줄기에 형용하기 힘든 소름이 끼쳤다.

"그러도록 내버려둘 것 같아?"

"안 돼요, 포레!"

네피는 앞으로 나가려는 포레를 끌어안고 바닥에 엎드렸다.

그 직후, 수정으로 된 창 여러 개가 하늘에서 쏟아져 내렸다.

그 창은 네피만을 노리는 것이 아니라 주위에 있는 가게와 지나가는 사람에게까지 떨어졌다. 벽돌 조각과 피가 튀고 여기저기서 절규하는 목소리가 들린다.

"——윽, **그만두세요!**"

네피는 외쳤다.

그렇게 한다고 뭔가 달라질 거라고 기대를 한 것이 아니다. 그저 비명이었다.

그랬을 터인데…….

쨍 하는 맑은 소리가 나더니 수정으로 된 창이 부서졌다.

——이 사람, 마을 사람들을 다치게 했어!

순식간에 머릿속이 뜨거워졌다.

이 마을 사람들은 자간과 마찬가지로 네피에게 다정히 대해주었다. 그런 사람들을 다치게 하는 건 자간을 다치게 하는 것과 마찬가지로 용서할 수 없다.

그런 격정에 따르듯 부서진 수정 파편이 다른 움직임을 보이기 시작했다.

공중으로 떠오른 수정 파편이 그 여자를 향해 비처럼 쏟아졌다.

여자도 화들짝 놀라 뒤로 뛰어 물러났지만 수정의 비는 마치 의지라도 가진 것처럼 여자를 뒤쫓았다.

"놓치지 않아."

바라기만 해도 기적을 일으키는 탓에 강력한 힘을 가진 엘프들도 '저주 받은 아이'라며 두려워했던 것이 바로 네피의 힘――마법이다.

이제 수정의 주도권은 완전히 네피에게 있었다. 그 수정은 자신을 만들어낸 여자를 궁지에 몰아넣었다.

"굉장해……."

포레가 넋이 나간 목소리로 중얼거렸다.

여자는 허공에 마법진을 그려서 수정 몇 개를 막아냈다. 마력을 응축시켜서 방패를 만드는 초보적인 마술이지만 술자의 역량에 따라 한없이 강해질 수 있다.

――자간 님의 방패에 비하면 종잇장처럼 얇아요.

마법진의 방패가 버틴 것은 채 1초에도 못 미치는 짧은 시간이었다.

네피는 싸늘한 노기와 함께 그 방패를 부쉈다.

하지만 그 1초도 되지 않는 시간 동안 여자도 다음 수를 생각해 낸 모양이었다. 그녀의 발치에서 다시 수정의 창이 튀어나와 네피가 조종하는 수정의 비와 충돌한다.

두 편으로 나뉜 수정은 이번에는 파편조차 남기지 않고 부서져 버렸다.

"……모자라긴 해도 역시 하얀 엘프인가."

신음하는 듯한 목소리와 함께 여자의 머리에서 로브의 후드가 벗겨졌다.

여자의 얼굴이 드러나자 네피는 헉 하고 숨을 삼켰다.

포레 역시 옆에서 아연실색한 모습이다.

후드 속에서 나타난 건 소녀의 얼굴이었다.

네피처럼 뾰족한 귀를 가지고 있었다. 엘프다.

나이도 네피와 비슷한 또래. 허리까지 내려오는 긴 머리도 네피와 똑같이 새하얀 색. 별다른 변화가 없는 표정도, 피부로 느껴지는 그 마력도, 그리고 무엇보다——.

그 소녀는 마치 거울을 들여다보는 것처럼 네피와 똑같이 생긴 얼굴을 가지고 있었다.

"검은, 네피……?"

포레가 떨리는 목소리로 중얼거린다.

말 그대로 '검은 네피'라고 형용할 수밖에 없는 모습을 가진 소녀였다.

유일하게 다른 점은 피부와 눈동자 색이다.

네피가 새하얀 피부에 감청색 눈동자를 가지고 있다면 눈앞에 있는 소녀는 갈색 피부에 금색 눈동자를 가지고 있다.

돌이켜 보면 첫 공격 때 네피가 아무 반응도 하지 못했던 건 그 마력이 자신과 동일했기 때문인지도 모른다.

'검은 네피'는 네피를 가만히 응시하더니 이내 시선을 돌렸다.

"〈마왕〉의 마법진인가. 엄청난 힘이군."

"……? 무슨 말이에요?"

그 시선을 눈으로 좇다가 네피도 숨을 삼켰다.

그리고 깜짝 놀라 주위를 둘러보니 수정으로 된 창뿐만 아니라 공격으로 인해 파괴된 건물들이 아무 일도 없었던 것처럼 원래대로 돌아와 있었다. 창에 찔린 사람들도 어리둥절해서 엉덩방아를 찧고 있을 뿐이다.

그리고 거대한 마법진이 마을을 감싸듯 대지에 그려져 있었다.

——이건 자간 님의 마술……?

네피도 마술을 배우면서 마술사의 마법진에도 '회로'를 늘어놓는 방식 같은 것에 따라 일종의 특징이 있다는 사실을 알게 되었다. 이 마법진이 가진 특징은 자간의 것이다.

'검은 네피'는 조용히 로브를 나부끼며 다시 후드를 썼다.

"잠깐 기다려주세요! 당신은 대체——."

"나는, 너다——저주 받은 네페리아."

자신과 똑같은 얼굴을 가진 소녀의 입에서 나온 말.

네피가 동요하는 동안 '검은 네피'의 모습은 안개처럼 일렁이다 사라졌다.

그 모습을 보고 싸움이 끝났다고 안심한 걸까. 자신들이 무사한 것을 확인한 마을 사람들이 네피를 향해 달려왔다.

"괜찮아, 네피?" "이거, 네피가 고쳐준 거야?"

한순간 마을이 파괴된 것처럼 보이는 사건이 일어났는데도 네피와 포레를 비난하는 사람은 없었다.

곧이어 포레가 무언가를 발견한 것처럼 뛰어갔다.

"네피, 이거."

소녀가 주운 물건은 한 장의 편지지였다.

받는 사람은 자간으로 되어 있었는데, 보낸 사람의 이름을 본 순간 네피는 그 자리에 굳어버리고 말았다.

——친애하는 〈마왕〉 자간에게——〈마왕〉 비프론스로부터——.

"……역시 마술처럼은 안 되나."

저녁 무렵. 자간의 성에 있는 서고.

자간은 쪽지 한 장을 노려보면서 신음하고 있었다.

그 쪽지에는 기이한 문양이 그려져 있었다.

마술의 '회로'와도 비슷하게 생겼지만 그건 아니다.

'회로'에 사용되는 문양은 직선과 원을 기본으로 삼고 있으며, 하나하나의 형태가 그리 복잡하지 않다. 그 대신 문양을 여러 개 겹친 다음 마법진의 형태로 복잡하게 만들어간다.

하지만 이 쪽지에 그려진 문양은 뱀처럼 구불거리는 선밖에 없고 직선은 사용되지 않았다. 게다가 점도 아주 많다.

몇 개의 문자를 겹친 것처럼 보이는데, 그렇다면 어느 지점에서 구분을 해야 하는지, 이것 자체가 하나의 문자인지, 아니면 단어인지조차도 알 길이 없다.

이것은 '어떤 물건'에 새겨져 있던 것을 자간이 모사(模寫)한 것이다.

'어떤 물건'이란 자간의 눈앞에 꽂혀 있는 대검이다.

흑요석을 깎아서 만든 대좌, 그리고 그곳에 어울리지 않는 아름다운 도신을 가진 검이 장식되어 있다. 그 새하얀 도신에 파르스름한 무늬가 새겨져 있었다.

성검이다.

일찍이 마족의 왕인 마왕을 물리쳤다고 하는 검 중 한 자루로 마술사를 악으로 규정하는 조직——교회의 최대 전력이자 그 힘의 상징으로 여겨지는 물건이다.

12자루밖에 없는 성검 중 하나가 마술사의 왕인 〈마왕〉 자간의 손에 있는 것이다.

이 일이 공공연하게 알려지면 마술사와 교회 사이의 힘의 균형은 크게 무너지리라. 이 사실을 근거로 교회를 협박할 수도 있고 권력자에게 팔아서 거대한 부를 쌓을 수도 있다. 그야말로 세상을 뒤흔들 수 있는 보물이었다.

그렇게 위대한 성검이건만 자간은 테이블에서 쇠망치를 집어 들더니 경의라고는 찾아볼 수 없는 태도로 탕탕 두드렸다. 그 충격으로 칼날의 이가 빠지는 모습을 보더니 금속으로서의 강도는 그리 대단하지 않군, 이라고 생각했다.

성검을 숭배하는 어떤 추기경이 봤다면 심장 마비를 일으킬 만한——물론 당사자는 이미 무덤 속에 있지만——행동이었다.

이 성검을 조사하면서 문양 자체의 효과를 알아보기 위해 마법진에 넣어봤지만 그 어떤 힘도 발동되지 않았다.

——쓰는 순서 같은 것이 있는 걸까, 아니면 쓸 때 의식 비슷한 것이 필요한 걸까. 그도 아니면 그저 쓰기 위해 특수한 힘이 필요한 걸까.

일단 도료의 정체는 알아냈기에 동일한 것을 사용해봤지만 이 역시 아무 관계도 없는 것 같았다.

자간은 피로를 감추기 힘든 듯 눈두덩을 문지르더니 오른손을 쳐다봤다.

그곳에는 마력으로 새겨진 문장이 떠올라 있었다.

〈마왕의 각인〉——절대적인 마력을 내포한 〈마왕〉의 증표다.

자간의 목적은 두 가지.

마족을 죽이는 수단, 그리고 이 〈마왕의 각인〉을 파괴하는 방법을 찾는 것이다.

——이걸 파괴할 방법이 없다면 12명의 〈마왕〉은 죽이지 못해.

성검을 조사하는 이유는 거기에 새겨진 문양과 〈마왕의 각인〉이 흡사하기 때문이다. 이 두 문양의 기원을 밝혀내면 거기에 대항할 수단도 자연스럽게 알아낼 수 있다.

그럴 터인데, 현재는 별다른 성과가 없다는 것을 인정하지 않을 수 없었다.

자간이 딱 소리를 내며 손가락을 튕긴다.

"라파엘, 거기 있나?"

"——불렀나, 나의 왕."

어디선가 소리 없이 나타난 사람은 연미복을 입고 왼팔 부분에만 갑주를 걸친 집사였다.

안 그래도 무섭게 생긴 얼굴인데 뺨에서 미간에 걸쳐 무시무시한 흉터가 있는 흉악한 모습이다. 벌써 쉰은 넘은 것 같았지만 곧게 뻗은 등과 잘 단련된 몸에서는 나이가 느껴지지 않았다.

그도 그럴 것이 이 남자는 499명이나 되는 마술사를 죽인 전(前) 성기사장이었다.

왼팔을 잃어 갑주의 의수를 착용하고 있지만 그 실력은 여전히

건재하다.

그와 포레가 자간의 성에서 살게 된 지 한 달이 지나려 하고 있었다.

자간은 대좌에 안치된 성검을 가리켰다.

"라파엘, 너도 검에 새겨진 문양이 무엇을 의미하는지는 모른다고 했지?"

"유감스럽지만 그렇지."

"힘을 조금만 보여줘."

토벌한 마술사의 수, 사상 최다를 자랑하는 전 성기사장에게 자간은 주저 없이 말했다.

라파엘은 흑요석으로 된 대좌에서 성검을 뽑아 들더니 조용히 중얼거렸다.

"응답하라——성검 〈메타트론〉."

그 부름에 응하듯 성검에 파르스름한 불꽃이 깃든다.

일찍이 마족의 왕을 물리쳤다는 〈정화의 불꽃〉이다. 이 불꽃에 닿으면 모든 마술이 힘을 잃게 된다.

그리고 그건 〈마왕〉이라도 예외는 아니다.

충실한 집사는 두 손으로 성검을 잡더니 망설임 없이 자간을 향해 휘둘렀다.

펑 하고 작은 불꽃이 튀더니 그 불꽃으로 휘감긴 검이 자간의 앞에서 멈췄다.

——성검이 소유자와 함께 손에 들어왔다. 이용하지 않을 이유는 없다.

자간의 앞에는 치밀하고 복잡한 마법진이 떠올라 있었다.

"……음. 역시 힘 자체는 도신이 아니라 이 문자에서 나오고 있는 것처럼 보이는군."

검 자체는 단단하기만 한 금속이다. 그것을 성검으로 만들어주는 것이 바로 여기에 새겨진 문양이다.

그건 틀림없는데…….

——어떤 방식으로 힘이 발동하고 있는지 통 모르겠단 말이지…….

마술 회로처럼 복잡한 건 아니다. 주문으로 치면 한 절도 되지 않는 간단한 문구일 텐데도 도대체가 그 원리를 알 수가 없었다.

성검의 주인을 불러서 시연까지 시켜봤는데도 이 모양이다.

〈마왕〉이라는 칭호를 얻은 최연소 마술사로서의 자신감이 꺾일 것만 같았다.

자간은 한숨과 함께 입을 열었다.

"수고 많았다. 그만 됐어."

"알겠다."

머리를 싸매고 있는 자간을 보고 라파엘이 말한다.

"나의 왕도 성검의 수수께끼를 알아내는 건 쉽지 않은 일인가 보군."

"그러게. 일단 이게 '문자'라는 건 틀림없는 건 같지만 지금은 완전히 실전(失傳)된 것 같아. 현존하는 그 어떤 문자와도 비슷하지 않고 회로와도 다른 구조 같단 말이지."

실전이란 현재 그 무엇도 전해지지 않는 상태라는 뜻이다.

당연히 이야기해줄 사람도 없고 책으로도 남아 있지 않다. 성검을 관리하고 있는 건 교회지만 그들도 문양의 의미에 대해서는 알지 못할 것이다.

실전된 정보를 복원하려면 그 분야에 대한 지식인이 정신이 아득해질 만한 시간을 투자해서 알아내는 수밖에 없었다.

자간이 최연소로 〈마왕〉의 자리에 앉은 마술사이기는 해도 하루아침에 어떻게 할 수 있는 문제가 아니었다.

라파엘이 쥐고 있는 성검을 날카롭게 노려봤다.

"솔직히 이 검 자체를 '성검'이라는 생명체로 보는 게 훨씬 더 납득이 갈 것 같다는 생각이 들 정도다."

자간의 시선이 향한 곳은 아까 쇠망치로 때렸던 부분이다.

분명 이가 빠졌었는데 지금은 막 벼린 것처럼 흠집 하나 없었다. 이 검은 복원 능력도 갖추고 있는 것 같았다.

음, 하고 집사가 고개를 끄덕인다.

"일리 있는 생각이야."

라파엘은 성검을 높이 들어 올렸다.

"성검은 주인을 선택한다고 하지. 나 역시 이 검을 휘두를 때 가끔 어떤 의지 같은 것을 느낀 적이 있거든. 게다가 같은 성검이라도 주인에 따라 힘의 발현 방법이 달라진다고도 하더군."

"그러고 보니 넌 불꽃이고 샤스틸은 빛이었지."

어느 한쪽이 더 뛰어나다는 건 아니지만 속성 비슷한 개념이 있을지도 모른다. 그리고 그것을 결정하는 요인이 라파엘이 말하는 '성검의 의지'이리라.

의지가 있다면, 원래는 다른 생명체였던 것이 검이라는 형태로 변했다고 생각해볼 수도 있다.

——허나 검의 형태를 띠고 있는 이상, 이것을 만든 '누군가'가 있을 터.

검이라는 물건은 사람에 의해 휘둘러지는 것이다.

그리고 그것을 만든 사람이 있다면 제작 방법도 존재할 것이다.

"검 자체를 해석하는 것보다는 그쪽을 알아보는 게 더 현실적인가."

물론 성검을 조사하면서 밝혀낸 것도 많다.

전(前) 〈마왕〉 마르코시어스의 성에서 입수한 책과 대조해본 결과, 이 문자가 과거에 '신령(神靈)언어'라 불리던 것이라는 사실을 알게 되었다. 고대 신들의 문자라고 하는데, 그들이 세계를 떠나는 것과 동시에 실전되었다는 사실도 알게 되었다.

하지만 완전히 미지의 문자이자 언어였다.

의미는커녕 발음조차 확실하지 않아서 더 이상의 정보를 얻는 건 무리였다.

라파엘이 성검을 다시 대좌로 돌려놓는다.

"이제 슬슬 성검도 네게 돌려줄까?"

"내가 검을 휘둘러야 한다면 그렇게 명령하면 돼, 나의 왕."

그런 이야기를 나누고 있을 때였다.

자간이 움찔하며 눈썹을 치켜 올렸다.

——큐아노에이데스의 결계가 기동했어?

마을에서 전투가 일어났을 때, 건물 같은 것의 피해를 복구하기 위해 쳐둔 결계가 저절로 기동한 것이다. 자간 말고도 네피와 포레가 싸울 때도 반응하도록 해뒀는데…….

자간은 자리에서 일어났다.

"이야기는 나중에 하자. 네피와 포레에게 무슨 일이 일어난 것 같다."

네피와 포레가 충격을 받은 얼굴로 돌아온 건 그로부터 얼마 지나지 않아서였다.

◇

"무슨 일이 있었지?"

돌아온 두 사람의 얼굴을 본 자간의 표정이 더 험악해졌다.

일단 네피와 포레는 다치진 않은 것 같았다. 아까 큐아노에이데스에 설치해둔 마법진이 반응한 덕분인지 둘 다 옷이 찢어지거나 더러워지지도 않았다. 두 사람 모두 얼굴에 감정이 드러나는 부류의 인간이 아닌지라 얼핏 보기엔 평소와 똑같아 보였다.

——내 결계로는 **생명체의 상처는 치유하지 못하니까**.

자간의 마술은 자신의 육체 강화에 특화되어 있고 다른 사람의 상처를 치유하게 되어 있지는 않다.

최근 들어 갑자기 지켜야 할 사람이 늘어나면서 진지하게 다시 공부를 해볼까 생각하던 참이었다.

그러나 다치지는 않았어도 네피의 손을 잡고 놓으려 하지 않는 포레의 태도와 힘없이 축 늘어진 네피의 귀를 보면 무슨 일이 있었던 건 명백했다.

자간이 두 사람의 말을 기다리고 있자 먼저 입을 연 사람은 포레였다.

"자간, 있지……."

하지만 무슨 말인가 하려는 포레의 손을 네피가 꽉 잡았다.

"……아무것도 아니야."

아무래도 이야기하고 싶지 않다……기보다는 다른 사람이 듣는 게 내키지 않는 일인 모양이다.

──일단 범인은 나중에 찾아내서 목 졸라 죽이기로 하자.

마을 사람 중 누구도 보지 못했을 리는 없으니 놈의 행방을 찾는 건 그리 어려운 일이 아니다.

다만 그건 나중에도 할 수 있는 일이다. 지금은 먼저 해야 할 일이 있다.

자간은 우선 포레의 앞에 쭈그리고 앉아서 눈높이를 맞추며 말했다.

"포레, 넌 괜찮나?"

무슨 일이 있었던 건 네피 쪽인 것 같았다.

그러자 포레는 작게 고개를 끄덕였다.

"……난, 괜찮아."

말은 그렇게 했지만 그 시선은 네피를 걱정스럽게 올려다보고 있었다.

자간은 포레의 머리를 쓰다듬었다.

“다행이네. 라파엘이 주방에서 식사 준비를 시작할 거다. 주스를 만든다고 했으니까 가서 받아 와.”

그렇게 말하고 라파엘을 쳐다보자 초로의 집사는 자간이 무슨 말을 하려는지 알아채고 고개를 끄덕였다.

“자, 가자, 포레. 신선한 과일을 입수했다. 네놈이 원하는 대로 쓰레기로 바꿔주마.”

——평범하게 네가 좋아하는 주스를 만들어주겠다고 말하면 될 것을…….

마치 지금부터 마을 하나를 쓸어버리겠다고 말하는 것처럼 흉악한 미소를 짓는 집사를 보고 자간도 한숨을 꾹 눌러 참았다.

그래도 포레는 이제 익숙해진 모양이다.

“응…….”

아쉬운 듯 네피의 손을 놓더니 라파엘의 뒤를 따라 주방으로 향했다.

그 뒷모습이 보이지 않게 되자 자간은 쭈그리고 앉은 자세 그대로 네피를 올려다봤다.

“아~……. 저기, 그러니까, 지금이라면, 나 말고 다른 사람은 아무도 듣지 못하니까.”

어설프게 시선을 이리저리 돌리며 중얼거리자 네피는 미안해하며 고개를 숙였다.

“……죄송, 해요.”

사과할 필요는 전혀 없는데도 네피는 그렇게 말했다.

——역시 이야기하기 힘든 일인가.

자간에게도 이야기하고 싶지 않다는 건 적지 않은 충격이었고, 그래서 더 신경이 쓰였지만 지금 자신이 할 일은 그 일을 억지로 캐묻는 게 아니다.

그렇다면 어떻게 해줘야 할까.

원래 네피는 말수가 적다. 자간도 말하는 게 서툴러서 아직도 '사랑한다'는 말 한 마디를 못하고 있었다.

두 사람 다 그렇다 보니 서로의 작은 행동과 표정 변화를 보고 무슨 일인지 살피게 되었지만, 이번에는 무슨 일이 있었는지 알 수가 없었다.

하지만 자간은 그 정도로 물러날 만큼 멍청한 〈마왕〉이 아니다.

——눈치채지 못한다면 잠자코 위로해주면 된다!

전에——자간은 자각하지 못했지만——자간이 우울해 있을 때 네피가 무릎베개를 해준 적이 있다.

왜 그런지는 몰라도 마음이 편해지고 아무 말 하지 않아도 충만해지는 기분이 들었다.

위로라는 건 분명 그런 걸 말하는 것이리라.

거기까지 생각한 자간은 머리를 흔들었다.

——진정해. 이 상황에서 어떻게 무릎베개를 해줄 건데!

게다가 네피가 해줘서 기분이 좋았다고 그대로 똑같이 해주는 건 너무 센스가 없지 않은가.

자간은 필사적으로 머리를 굴렸다.

그런 자간을 보다 못한 네피가 속삭이는 듯한 목소리로 중얼거린다.

"저, 자간 님, 실은……."

――그래. 무릎베개를 해도 괜찮은 곳으로 데리고 가면 되지!

완전히 엉뚱한 방향의 생각을 떠올린 자간은 네피가 무슨 말을 하려는 것을 알아채지 못했다.

"네피, 몸에서 힘을 빼라."

"에, 아, 네."

당황해서 귀를 떨면서도 시키는 대로 어깨에서 힘을 빼는 네피.

그것을 확인한 자간은 무슨 생각을 한 건지 그대로 네피를 번쩍 안아 들었다.

소위 말하는 '공주님 안기'라는 것이다.

"아, 아앗? 저기, 에엣?"

뾰족한 귀 끝까지 새빨갛게 물든 네피가 당황해서 외친다.

그리고 발이 땅에 닿지 않자 불안해졌는지, 그대로 반사적으로 자간의 목을 끌어안았다.

앞치마와 원피스 너머로도 느껴지는 봉긋한 두 언덕이 무방비하게 자간의 몸에 닿았다.

――부드러우면서 가볍군. 아니, 그보다 뭐지, 이 향기는!

자기도 모르게 뒤로 쓰러질 것만 같았지만 그대로 네피를 끌어안은 채 아무 일도 없었다는 얼굴로 성큼성큼 걸어간다.

"아우, 아우우……."

네피가 제대로 말이 되지 못한 이상한 소리를 냈지만 자간도 이미 어쩔 줄 모르는 상태라 아무 말도 해주지 못했다.

일단 자신이 뭔가 잘못했다는 자각은 들었지만 그렇다고 이제 와서 물러날 수도 없는 노릇이었다.

◇

그렇게 해서 자간이 향한 곳은 서고였다.

——옥좌의 방보다는 여기가 좁아서 왠지 더 마음이 놓인단 말이지.

밖에서는 잘 보이지 않도록 되어 있어서 그런 마음이 드는 것이리라. 새삼스럽긴 하지만 자간은 둘만의 공간으로 서고가 안성맞춤이라는 사실을 깨달았다.

네피는 어찌할 바를 모르겠는지, 시키는 대로 따르고 있었다.

……아니, 멍한 상태인지도 모른다. 지금의 상황이 이해되지 않는지 두리번거리며 계속 자간의 목에 매달려 있다.

——아, 그렇지만 여기서도 무릎베개는 못하잖아.

이 서고의 장서는 이미 허용량을 초과한 데다가 자간뿐만 아니라 포레도 자주 사용하다 보니 바닥까지 책이 쌓여 있었다. 아무리 봐도 누울 만한 공간은 없다.

조금 고민하다가 네피를 안은 채 의자에 털썩 앉았다.

마술사인 자간이 네피처럼 가벼운 소녀를 안고 피로를 느끼지는 않는다.

그렇지만 계속 서 있는 것보다는 자리에 앉는 게 네피도 더 마음이 놓이지 않을까 싶었는데…….

침묵.

잠시 후, 네피가 곤란해하는 목소리로 물었다.

"저, 저기, 자간 님, 이건 대체……."

——나도 몰라!

네피를 위로해줄 생각이었는데 이젠 자신도 무슨 짓을 하고 있는지 알 수 없었다.

자간은 동요를 감추듯 발뒤꿈치로 바닥을 살짝 쳤다.

테이블 위에 방치되어 있던 읽다 만 책이 저절로 떠올라 자간을 향해 날아왔다.

"식사 때까지 아직 시간이 있다. 나는 그 동안 독서를 할 생각이다."

사랑스러운 소녀를 무릎에 앉힌 채 독서를 한다고 하는, 도통 영문을 알 수 없는 공간이 생긴 것이다.

그런데 신기하게도 네피에게서는 싫어하는 기색이 느껴지지 않았다.

얼마 지나지 않아 네피도 부끄러움을 참기 힘든 듯 몸을 이리저리 움직였지만 자간은 그녀를 품에 안은 채 책을 펼쳐두고 있었기 때문에 무릎 위에서 내려줄 수 없었다.

머지않아 체념했는지, 네피는 자간의 무릎 위에 가만히 자리를 잡고 앉았다.

그리고 자간에게 등을 보인 채 혼잣말처럼 중얼거렸다.

"저, 자간 님, 아까 하려던 이야기 말인데요……."

"……음."

아무래도 네피는 진지한 이야기를 하려는 것 같은데 과연 이 상황과 자세는 그런 이야기를 듣기에 적합한 것일까.

이래저래 고민하는 자간은 고개를 끄덕이는 것이 고작이었다.

그런 주인의 마음을 아는지 모르는지, 네피는 주머니에서 편지지 한 장을 꺼냈다.

"큐아노에이데스에서 어떤 사람이 이걸 줬어요."

——그 녀석이 네피가 이런 표정을 짓게 만든 범인인가!

편지에서 얻을 수 있는 정보는 단순히 그 내용만이 아니다.

필적을 조사해서 누구인지 알아낼 수 있고, 종이의 재질과 편지지의 형태를 통해 그것이 어디에서 유통되고 있으며 어디에서 입수했는지도 밝힐 수 있다. 게다가 펜을 들어 글자를 쓰려면 본인이 직접 손을 대지 않을 수 없다. 그러면 반드시 마력의 흔적이 남게 된다.

요컨대 자간에게 있어 편지지 한 장을 가지고 범인을 찾아내는 일 정도는 아무것도 아니라는 뜻이다.

"야회(夜會) 초대장……인가."

게다가 보낸 사람은 〈마왕〉 비프론스라고 적혀 있었다.

——비프론스라면 나 다음으로 어린 〈마왕〉이었지.

자간이 〈마왕〉이 되기 전까지는 그 마술사가 최연소였다.

아무래도 그 〈마왕〉 비프론스가 네피에게 수작을 건 장본인인 모양이다.

속이 뒤틀리는 것 같은 분노를 꾹 참고 있자 네피가 고개를 살짝 갸웃거렸다.

"야회……라고요?"

"그래, 넌 아직 모르지. 마술사들의 사교장 같은 거다."

자신의 연구 말고는 머리에 없는 마술사의 사교장이라니, 이보다 더 모순된 단어가 또 있을까 싶다.

"마술사의 연구에는 돈이 들지. 게다가 자신이 원하는 지식을 다른 마술사가 독점하고 있는 경우도 있어. 그런 마술사들이 서로 원하는 것을 교환하는 장소다."

"거기에 자간 님이 초대 받으신 거예요?"

"글쎄, 일단 안을 확인해봐야겠지."

〈마왕〉이 보낸 초대장이라는 점을 생각하면 무슨 장치가 되어 있을지 모르지만 일단 편지지에 마술이 걸려 있는 것 같지는 않았다. 열어봐도 위험하지는 않을 것이다.

자간이 한 번 더 발뒤꿈치로 바닥을 치자 이번에는 테이블의 서랍이 열리더니 세밀하게 장식된 칼집에 든 칼이 공중에 떠올랐다.

칼은 둥둥 떠다니더니 네피의 손에 내려왔다.

"나 대신 열어줘."

"네."

슬슬 이 상황에도 익숙……해졌다기보다는, 무언가가 마비된 것처럼 평소처럼 억양 없는 목소리로 대답하더니 봉인된 편지지를 자르는 네피.

안에서는 카드 한 장이 나왔다.

"읽어줘."

편지 정도는 혼자서도 읽을 수 있지만 입 밖으로 소리를 내어 읽는 것으로 기분이 나아지기도 하는 법이다.

……뭐, 그냥 네피의 목소리를 듣고 싶어서 그런 것도 있지만.

네피는 아무 의문도 품지 않은 듯 고개를 끄덕였다.

"네. ――친애하는 〈마왕〉 자간 님. 새로운 동료인 당신과 깊은 교류를 쌓기 위해 야회를 열게 되었습니다. 그래서……?"

그 부분에서 네피의 목소리가 잦아들었다.

자간은 가능한 한 온화한 목소리로 물었다.

"뭐라고, 적혀 있지?"

"……그래서 당신의 성에 사는 모든 이들을 초대하고자 합니다. 〈마왕〉 자간 님, 하얀 엘프 네페리아 양, 〈망령〉 윌포레 양, 전 성기사장 라파엘 휴랜더 님, 그리고 아름다운 전(前) 청소부이자 '성검의 소녀' 샤스틸 릴키비스트 양."

그 내용을 듣자 자간도 신음을 흘릴 수밖에 없었다.

――꽤 예전부터 우리를 감시하고 있었다는 말인가.

불과 며칠 동안 성에서 청소부로 일했던 샤스틸 뿐만 아니라 포레의 정체까지 파악하고 있었다.

적어도 한 달 전부터 이 〈마왕〉의 감시 아래 있었다고 생각해야 할 것이다.

네피는 떨리는 목소리로 초대장을 계속 읽어나갔다.

"상기의 다섯 사람이 꼭 와주시길 바랍니다."

나머지는 야회가 열리는 장소와 시간이 적혀 있었다.

"긍정적인 답변을 기대하고 있겠습니다. 〈마왕〉 비프론스."

그 이름을 마지막으로 초대장은 끝을 맺었다.

——13명의 〈마왕〉……이라.

자신 이외의 〈마왕〉과 처음으로 대면했을 때, 자간은 공포를 느꼈다.

그런 괴물들과 엮일 수밖에 없는 곳에 네피를 놔둘 수 없다는 생각에 멀리하려고까지 했다.

한심하고 비참한 패배의 기억이다.

그럼에도 자간은 콧방귀를 뀌며 목소리를 높였다.

"제법 호전적인 초대장이군."

유쾌하게 말하는 자간의 목소리에 네피가 깜짝 놀라서 뒤돌아봤다.

이제야 얼굴을 보여주나 싶었는데 그녀의 귀는 동요하는 것처럼 축 늘어져 있었다.

"자간 님, 초대에 응하실 건가요?"

자간은 고개를 갸웃거렸다.

"〈마왕〉이 직접 초대장까지 보내서 초대해줬잖아. 응하지 않을 이유가 없지 않나?"

——어차피 언젠가는 부딪쳐야 할 상대다.

현재 자신과 다른 〈마왕〉들 사이의 실력 차이가 어느 정도 되는지 확인하기에도 더 없이 좋은 기회다.

무엇보다 자간을 적으로 돌리는 것이 얼마나 수지가 맞지 않는 일인지 확실히 가르쳐줄 필요가 있다.

지금까지 무지한 침입자들을 대상으로 피의 축제를 벌인 것도 그 때문이고, 상대가 〈마왕〉이라 해도 그건 달라지지 않는다. 오히려 〈마왕〉이기 때문에 더 확실히 해두지 않으면 앞으로도 이런 일은 끝없이 반복될 것이다.

네피는 눈을 커다랗게 뜨고 망설이듯 입을 열었다.

"주제넘은 말이라는 건 알고 있습니다. ……그렇지만 함정 같은 것이라고 생각할 수도 있지 않을까요?"

"……? 당연히 함정이지."

오히려 다른 가능성이 있다면 가르쳐줬으면 싶은 심정이다.

자간이 네피를 목숨보다 소중히 여기고 있다는 건 다른 〈마왕〉들에게도 이미 알려진 사실이다.

그런 네피에게 손을 댄다는 최악의 도발을 한 것도 모자라 초대장을 보내다니, '함정을 쳤으니까 도망가면 안 돼!'라고 친절하게 가르쳐준 것이나 마찬가지다.

"그, 그럼……."

당황을 감추지 못하고 귀를 떠는 네피.

——하긴 네피는 호된 일을 겪은 직후이니 무서울 만도 하지.

자간은 네피를 안심시키기 위해 웃으려고 했지만 자신이 웃으면 악당처럼 보인다는 사실은 스스로도 잘 알고 있었다.

머리를 쓰다듬어주고 싶어도 안은 채로 의자에 앉는 바람에 자간의 두 손은 꼼짝도 할 수 없는 상황이었다. 무릎 위에는 네피를 앉히고 있고 발로는 애당초 뭘 어떻게 할 수도 없다.

——그렇다면 어떻게 안심시키면 되지?

이럴 때 자신이 그럴싸한 말을 못한다는 건 아주 잘 알고 있다.

그렇지만 안아주는 것도 이미 무릎 위에 앉힌 지금은 별다른 의미가 없을 것 같다.

불과 몇 초 동안 눈이 핑핑 돌아갈 만큼 고민에 고민을 거듭한 자간은 현재 네피와 가장 가까우면서 자유로운 부분은 자신의 머리라는 결론에 이르렀다.

——그러고 보니 이마를 대고 문질러서 위로해주는 방법이 있었지!

가끔 네피가 포레와 그런 식으로 대화를 나누는 모습을 봤다.

포레 역시 간지러워하는 것 같으면서도 기쁜 표정을 지었다. 그거라면 효과가 있을 것이다.

그리고——,

"앗?"

자간은 네피의 뺨에 얼굴을 가까이 댔다.

마냥 마른 줄로만 알았는데 탱탱한 감촉. 가루 설탕처럼 곱고 동요해서 그런지 체온도 높았다.

심하게 동요한 네피의 귀가 바르르 떨며 자간의 얼굴을 때린다.

——아, 큰일이다, 이건 아니잖아!

이마를 맞대려고 했지만 뒤에서 끌어안은 자세인 탓에 볼을 대

고 문지르게 되었는데, 가만히 생각해보니 이건 단순히 볼 비비기였다.

갑자기 다른 사람이 볼을 대고 문지르면 누구든 당황할 것이다.

하지만 실수했다는 것을 알아도 이제 와서 어떻게 할 방법이 없었다.

자간은 쿨럭 헛기침을 한 번 한 다음 입을 열었다.

"〈마왕〉이든 함정이든 네가 그런 표정을 짓게 만든 놈이다. 그 딴 녀석은 한 방 날려줘야 돼."

"——!"

떨고 있던 귀가 얼어붙은 것처럼 쫑긋 선다.

대충 얼버무리듯 말하긴 했지만 지금 자간이 제일 용서할 수 없는 건 그것이다.

이윽고 힘이 빠졌는지, 네피의 귀가 축 늘어진다.

"……자간 님은 뭐든 다 아시네요."

"그래……, 라고 하고 싶지만 뭐든 다 아는 건 아니다. 네가 풀이 죽어 있다는 것 정도밖에 몰라."

한심한 이야기다.

무슨 일이 있었는지 알고 싶다.

하지만 억지로 이야기하게 하고 싶지도 않다.

——대충 짐작하자면 고향의 생존자와 우연히 만났다거나 하는 정도일 것 같은데.

그렇지만 네피는 이미 자간에게 그 비밀을 밝혔다. 동요는 하겠지만 자간에게 털어놓지 못할 정도는 아닐 것이다.

——그렇다면 다른 일인가.

그게 뭔지 자간은 알 수 없었다.

잠자코 다음 말을 기다리고 있자 네피가 머뭇거리면서 입을 열었다.

"죄송합니다, 자간 님. 아직은 어떻게 이야기하면 좋을지 모르겠어요."

"그렇군. 그렇다면 이야기할 수 있을 때 이야기해."

"……네."

망설이는 듯한 한 마디.

하지만 그 목소리는 이미 꽤나 그늘이 옅어진 것 같았다.

그러고 나서 네피는 등을 돌린 채 주저하며 물었다.

"저기, 자간 님."

"응?"

"이건, 저를, 위로해주신, 건가요……?"

"그렇게 보이지 않아?"

——그렇게 보일 리 없지!

그건 자신도 알고 있었다.

하지만 이런 방법 밖에 떠오르지 않았다.

네피는 자간의 그런 마음도 다 알고 있다는 듯 미소 지었다.

"감사합니다. 마음이 많이 편해졌어요."

"음."

——네피가 눈치 빠른 아이라 다행이다…….

진심으로 그런 생각이 드는 오늘이었다.

그리고 네피는 자간의 무릎 위에서 꿈지럭대며 몸을 틀었다.

"그렇지만, 저, 이제 그만, 내려주시면, 안 될까요? 저기, 쑥스러워서, 그래요……."

굳이 냉정하게 생각하지 않아도 지금 상황은 이래저래 이상하다. 쑥스럽지 않을 리 없다. 자간 역시 쑥스러웠다.

그랬는데…….

——왠지 좀 더 몰아붙이고 싶은 기분이 들기 시작했단 말이지.

자간은 시치미를 뗀 얼굴로 계속 독서를 하는 **척** 했다.

"식사 준비가 끝나려면 아직 시간이 더 걸릴 것 같다. 난 계속 독서를 할 생각이다."

"……자간 님, 너무 짓궂으세요."

비난조로 말하긴 했지만 네피 역시 억지로 벗어나려고 하지는 않았다.

——네피는 일을 너무 많이 하는 경향이 있기도 하니까.

가끔은 이렇게 쉬게 해주는 것도——이것저것 방법이 잘못된 건 반성하고 있지만——자간이 할 일이리라.

그렇게 있다가 문득 네피의 시선이 서고 한쪽 구석에 세워져 있는 검으로 향했다.

라파엘에게 받아둔 성검 〈메타트론〉이다. 마을에서 사건이 일어나는 바람에 미처 돌려주지 못했다. 검집에 넣어두지도 않아서 도신이 그대로 드러나 있다.

그런 성검을 바라보며 네피는 혼잣말처럼 중얼거렸다.

"메, 타……트, 론……? 이 검의 이름인가요?"

"그래, 라파엘의 성검이다. 이제 슬슬 녀석에게 돌려줘야……?"

고개를 끄덕이던 자간의 얼굴이 딱딱하게 굳었다.

"네피, 방금, 뭐라고 했지?"

성검의 이름은 함부로 입에 올리는 게 아니라고 들었다. 라파엘이 그 이름을 말한 건 한 번뿐이고 자간과 포레도 거기에 대해 이야기한 적은 없었다.

네피가 성검의 이름을 알 리 없었다.

그런데도 네피는 이상하다는 듯 하얀 머리를 흔들며 고개를 갸웃거렸다.

"……? 음, 저 **문자**를 말하는 건가요?"

이번에야말로 자간의 눈이 휘둥그레졌다.

"네피, 성검의 문자를 읽을 수 있나?"

네피는 어리둥절해하며 고개를 끄덕였다.

"네. 단어의 뜻은 잘 모르겠지만 읽을 수는 있어요."

자간의 위로는 서투르게 끝나고 말았지만 그 덕분에 중요한 단서를 손에 넣었다.

◇

"〈마왕〉의 야회에 초대 받았다고?"

다음 날, 정오가 조금 지났을 무렵.

요란한 목소리로 그렇게 외친 사람은 악우 발바로스였다.

평소처럼 다크서클이 진 초췌한 얼굴로 덥수룩한 흑발을 마구 흩뜨린 채 놀라워하고 있다.

그곳은 옥좌의 방이었지만 자간을 비롯한 다른 사람들이 앉아 있는 곳은 옥좌의 단상에서 내려온 방 한가운데였다. 그곳에 작은 테이블과 4인용 의자가 놓여 있고 자간과 발바로스, 그리고 네피와 포레가 테이블을 둘러싸고 앉아 있었다.

테이블에는 다양한 과자와 홍차가 준비되어 있다.

다만 처음에는 산더미처럼 쌓여 있던 과자가 지금은 채 절반도 남아 있지 않았다. 잇달아 포레의 입 속으로 사라졌기 때문이다.

자간이 이야기를 하면서 찻잔을 입으로 가져가자 적당한 때를 기다리고 있었던 것처럼 네피가 찻주전자를 들었다.

"자간 님, 홍차 한 잔 더 드릴까요?"

"음, 좋지."

때마침 잔을 다 비우려던 참이었다. 자간은 마지막 한 모금을 입에 털어 넣고 고개를 끄덕였다.

서둘러 찻주전자를 기울여 홍차를 따라주는 네피를 곁눈질하며 자간은 내심 마음을 놓았다.

——어제 일로 고민하는 기색은 없어 보이는군.

밖에서 돌아왔을 때는 굉장히 침울해 있었지만 오늘 아침에는 평소처럼 밝은 표정……, 표정은 그냥 그랬지만 기분은 좋은 듯 귀를 쫑긋 세우고 있었다.

네피가 찻주전자를 내려놓자 자간도 찻잔을 들고 우선 향기를 음미했다.

"음, 향기가 좋군. 오늘 홍차는 유난히 맛있는 것 같아."

"말씀만으로도 감사합니다, 자간 님."

홍차 향기도 평소보다 더 좋고, 왠지 컨디션이 좋아 보인다.

서로 마주 보며 미소를 짓고 있자 발바로스가 비난 어린 목소리로 투덜댔다.

"……거기 둘, 사람이 이렇게 깜짝 놀라고 있는데 아무 일도 없었던 것처럼 홍차가 넘어가냐, 지금?"

"시끄러워, 발바로스. 왜 내가 너 같은 놈이 놀란다고 일일이 반응해줘야 하는 거지?"

"손님 대접은 바라지도 않으니까 적어도 인간 대접은 좀 해줘야 되는 것 아니냐?"

자간은 귀찮아 죽겠다는 듯 머리를 긁으며 찻잔을 접시에 내려놓았다.

"도대체 무슨 일 때문에 그렇게 놀란 건데?"

자간이 되물어주자 발바로스는 믿을 수 없다는 얼굴로 중얼거렸다.

"그러니까 야회라고 하면 그거 맞지? 마술사의 야회?"

"마술사의 왕이 그렇게 말했으니까 그렇지 않을까?"

야회란 일반적인 귀족들의 사교계를 가리키는 말이기도 하다.

확인하고 싶은 심정을 이해하지 못하는 건 아니지만 마술사가 말했으니 마술사의 야회 말고 다른 것일 리 없었다. 귀족들의 야회 따위는 마술사에게 아무 의미도 없을 뿐더러 관심을 가질 일조차 없으니 말이다.

발바로스는 역시 이해되지 않는다는 얼굴로 머리를 흔들었다.

"보통 〈마왕〉이 야회라는 걸 여나……?"

그래, 자간 역시 그 점이 이해가 되지 않았다.

——〈마왕〉은 원하는 게 있으면 그렇게 명령하기만 하면 된다.

그만큼 오만하고 강대하기 때문에 마술사의 왕인 것이다.

야회라는 건 마술사들이 서로 지식과 재산을 교환하는 자리이기 때문에 말하자면 약한 자들을 위한 집회라 할 수 있다.

〈마왕〉은 보통 야회를 여는 일은 고사하고 얼굴을 비추는 일조차 없었다.

——하긴 함정을 파기 위해 여는 거겠지.

발바로스가 콧방귀를 뀌었다.

"아무리 봐도 수상쩍은 이야기란 말이지. 총명한 나 님이 충고하나 해주지. 그건 십중팔구 함정이야. 조심해."

"당연히 십중팔구가 아니라 십중십 함정이지! 무슨 말을 하는 거야?"

자간이 어이 없다는 표정을 짓자 발바로스도 입을 다물었다.

그런 발바로스가 보기 딱했는지 어쩐 일로 포레가 위로의 말을 건넸다.

"자간, 심부름꾼은 머리가 별로 안 좋아. 그러니까 조금 다정하게 말해주는 게 어때?"

"그것도 그렇군. 미안하다, 발바로스. 내가 말이 심했다."

"너희들, 지금 나를 바보 취급 하는 거냐?! 그리고 누구더러 심부름꾼이라는 거야, 이 꼬마 계집이!"

침을 튀기며 소리치는 발바로스의 모습에 포레가 짜증난다는 표정을 지으며 과자 접시를 제 앞으로 끌어당긴다.

"네피의 과자를 노리는 천박한 마술사 주제에 잘난 척은! 그리고 나이라면 내가 당신보다 세 배는 더 오래 살았거든!"

"너야말로 왜 그렇게 거만하게 구는 거냐!"

"발바로스, 너나 그 말투 좀 고치는 게 좋을 거다. 숙녀를 꼬마 계집이라고 부른 네놈을 죽이지 않을 이유가 없다는 건 알고 있겠지?"

자간이 싸늘하게 내뱉자 발바로스도 머리가 아파오는 듯 고개를 숙였다.

"그나저나 자간. 너, 이 녀석의 응석을 너무 받아주는 것 아니냐?"

"……? 내가 무슨 응석을 받아준다는 거지?"

"손님이 왔는데도 무릎 위에 앉혀서 과자를 먹여주고 있는 놈이 할 말은 아닌 것 같은데?"

음, 하는 소리를 내며 자신의 무릎을 내려다보는 자간.

발바로스와 이야기하는 동안 자간의 무릎 위에는 계속 포레가 앉아 있었다.

포레는 자간에게 등을 착 밀착시키듯 기대더니 '안 돼?'라고 묻는 것처럼 고개를 갸웃거렸다.

물론 안 될 리 없다.

자간은 전혀 의아하게 생각하지 않는다는 듯 내뱉었다.

"내가 티타임을 즐기고 있을 때 찾아온 건 너다. 왜 내 딸을 쫓아내면서까지 네놈과 말을 섞어야 되는지 이해가 되지 않는다만……?"

애당초 자간은 발바로스를 손님이라 생각하지 않았다.

포레가 정식으로 자간의 양녀가 된 이후, 점심 식사 후에는 이렇게 함께 다과를 즐기는 게 일상이 되었다. 이때는 자간도 연구를 잠시 중단하고 함께 시간을 가지도록 하고 있다.

오늘은 어제 저녁, 자간이 네피를 무릎에 앉히고 놔주지 않았다는 사실이 포레에게 들통나는 바람에 이번에는 포레를 무릎에 앉히게 되었다.

"……아니다. 그만 됐어."

눈 주위의 다크서클이 한층 더 짙어진 발바로스가 한숨을 내쉬었다.

"그래서 〈마왕〉의 초대에 응할 생각이냐?"

"상당히 건방진 초대를 해줬는데, 그걸 무시할 만큼 내가 관대하지는 못하잖아."

그러면서 자간은 발바로스를 힐끔 노려본다.

"그나저나 이딴 이야기나 하자고 온 건 아닐 텐데?"

그렇게 운을 떼자 발바로스의 얼굴에도 씩 미소가 떠올랐다.

"크흐흐, 어제 거기 있는 엘프가 큐아노에이데스에서 마술사의 습격을 받았는데 정보가 필요하지는 않을까 싶어서 와봤지."

"……!"

스스로도 얼굴에 감정이 드러난 걸 느꼈다.

――어디 사는 어떤 놈인지 모르지만 태어난 걸 몇 백 년에 걸쳐 후회하게 해주마!

〈마왕〉 본인일 리는 없겠지만 설사 그렇다 해도 자간에겐 망설임이 없었다.

자간은 핏발이 선 눈으로 미소를 지었다.

"어디 들어볼까. 유익한 정보라면 원하는 만큼 상을 주지."

"오, 그렇게 나오셔야지……. 히익?"

발바로스가 비명을 지르며 몸을 뒤로 젖혔다.

가만히 보니 포레가 몇 개나 되는 마법진을 전개시켜서 공격을 하려고 했다.

자간은 어쩔 수 없다는 듯 포레의 머리를 쓰다듬으며 달랬다.

"자, 착하지, 이 녀석의 얼굴이 마음에 들지 않는 건 이해하지만 갑자기 죽이면 못써."

"얼굴이 틀려먹었다고?"

자간이 타이르자 포레도 일단 마법진을 거두었지만 여전히 으르렁거리며 발바로스를 위협했다. 이 정도로 공격적인 포레는 웬만해서는 보기 어렵다.

팔짱을 끼고 고개를 돌렸다.

——네피 때와 마찬가지로 내가 듣는 건 싫다……는 건가?

네피에게로 슬쩍 시선을 주자 어제만큼 극단적인 반응은 보이지 않았지만 테이블 밑에서 치맛자락을 꽉 쥐고 있는 게 보였다. 네피 스스로 이야기를 꺼내려면 조금 더 시간이 필요할 것 같다.

포레의 반응은 그런 네피의 마음을 누구보다 빨리 알아차렸기 때문일까, 아니면 다른 이유가 있어서일까.

무엇이 됐든 딸의 의사를 존중해주고 싶은 것이 솔직한 심정이었다.

하는 수 없이 자간은 포레의 머리를 한 번 더 쓰다듬어줬다.

"……알았다. 네피가 이야기할 때까지 기다려줄 테니까 그렇게 화내지 마."

그러자 포레는 눈을 동그랗게 뜨고 올려다봤다.

네피는 한순간 눈을 커다랗게 떴지만 수줍은 듯 고개를 숙였다. 움찔움찔 떨리는 귀가 기뻐하는 것처럼 보이는 건 기분 탓일까.

포레가 이상하다는 듯 중얼거린다.

"자간은 역시 마음을 읽을 줄 아는 거야?"

"글쎄."

어깨를 으쓱여 보인 자간은 발바로스에게 말했다.

"보다시피 그래서 이번 정보는 필요 없게 됐다."

"……진짜 그래도 괜찮겠냐? 제대로 알아두지 않으면 나중에 후회할 텐데?"

"거 참, 끈질기네."

그렇지만 발바로스도 보수 때문에 이러는 것 같지는 않았다.

――뭔가 심상치 않은 일이 일어나고 있는지도 몰라…….

그럼에도 자간은 기다리겠다고 말했다.

그렇다면 더는 캐묻지 않을 것이다.

그리고 전부 지켜 보일 테다.

그게 바로 자간이 생각하는 〈마왕〉의 모습이었다.

그래도 발바로스는 포기가 되지 않는지 매달리듯 말했다.

"아니, 그래도."

"자간, 심부름꾼은 입이 가벼운 것 같아. 그냥 처리하는 게 좋겠어."

"이 자식, 넌 사람 목숨이 장난 같냐?!"

――네가 할 말은 아니지…….

먼저 이야기를 꺼낸 쪽은 다른 마술사인 듯하지만, 그래도 선대 〈마왕〉의 붕어로 치안이 어지러운 틈을 타서 젊은 아가씨만 납치해 산 제물로 삼으려고 했던 게 바로 이 남자다. 이제 와서 자기 목숨은 별개라고 말하는 건 염치없는 짓이다.

그러는 동안 테이블 위의 과자도 하나밖에 남지 않게 되었다.

마카롱이라고 했던가. 쿠키처럼 바삭한 빵 사이에 크림을 넣은 과자다. 색색의 화려한 모양새는 말할 것도 없고 농후한 향기가 홍차와도 잘 어울려서 자간도 마음에 들어하는 과자 중 하나다.

소녀가 과자를 집으려던 손을 멈추자 자간은 고개를 갸웃했다.

"포레, 아직 하나 더 남은 것 같다만?"

"자간이 먹어."

분명 전부 다 먹고 싶었을 텐데도 마지막 하나는 일부러 남겨둔 모양이다. 포레는 아쉬운 눈으로 마카롱을 바라보고 있었다.

왠지 모를 흐뭇한 기분에 휩싸인 자간은 마지막 남은 과자를 집어 들더니 한 입 베어 물었다.

"음. 오늘은 유난히 더 부드럽고 맛있는 것 같군."

포레는 세 가닥으로 땋은 초록 머리를 흔들며 고개를 끄덕였다.

"네피가 아침부터 기분이 좋아 보였어. 아마 그래서 그럴 거야."

"포, 포레!"

네피가 보기 드물게 당황해서 외쳤지만 포레의 말은 가차 없이 이어졌다.

"무릎 위에 앉는 건 분명 기분 좋은 일이지만 그거 하나 때문에 이럴 리는 없어. 자간, 뭔가 해준 거라도 있어?"

"……? 아니, 딱히 짐작 가는 건 없다만."

자간이 네피에게 해준 일이라곤 무릎 위에 앉혀서 쑥스럽게 만든 것뿐이다.

굳이 따지자면 오히려 실패한 일이었다고 생각하는데…….

네피를 슬쩍 살펴보자 말이 안 나오는 듯 입을 뻐끔거리고 있었다. 두 손은 어쩔 줄 몰라하며 황망히 허공을 헤맬 뿐이다.

——음. 귀엽군!

그 반응을 보니 포레의 말이 정곡을 찔렀다는 사실을 알 수 있었다.

——어떤 것이 효과가 있었는지는 모르겠지만, 그래서 과자와 홍차에도 기합이 들어갔던 건가.

그리고 그렇게 소소한 일에 최선을 다해주는 이 소녀가 견딜 수 없이 사랑스러웠다.

포레가 무릎 위에서 폴짝 내려온다.

"자간의 무릎은 이제 그만 네피에게 돌려줄게."

"저라고 자간 님의 무릎에 계속 앉아 있는 건 아니라고요!"

네피가 볼을 부풀린 채 말하자 자간은 자신의 무릎을 툭 두드려 보였다.

"앉지 않을 거냐?"

"……자간 님, 너무 짓궂으세요."

네피는 한순간 망설이는 듯 보였지만 곧이어 발바로스가 있다는 사실을 떠올린 모양이었다. 슬쩍 일어나려는가 싶더니 고개를 옆으로 흔들었다.

……발바로스가 없었다면 진짜 앉았을지도 몰라.

아니, 분명 앉았을 것이다. 알면서 그럴 때도 있었고, 의도치 않게 그런 적도 있었지만 언제나 네피는 자간의 터무니없는 요구도 최선을 다해 들어주려고 하니까.

——아, 진짜 발바로스 이 자식, 빨리 돌아가지 않고 뭐하는 거지…….

이 남자만 없었다면 자간의 무릎 위에 앉아 수치심과 편안함 사이에서 갈등하는 네피를 한 번 더 볼 수 있었을 텐데.

괜히 살기를 담아 발바로스를 노려본 자간은 마카롱의 마지막 한 조각을 입에 털어 넣고 일어났다.

"이제 난 볼일이 있다. 슬슬 가볼까, 네피."

"네."

네피는 마음이 놓이는 듯, 하지만 왠지 아쉬운 것처럼 귀 끝을 떨면서 일어났다.

사실은 네피가 고집을 꺾고 무릎 위에 앉을 때까지 버티고 싶었지만 유감스럽게도 오늘은 할 일이 있었다.

발바로스가 눈썹을 찌푸린다.

"어라? 야회에 갈 준비라도 하는 거냐?"

"그 비슷한 거다."

자간은 미심쩍은 표정을 짓는 발바로스에게 야회 초대장을 꺼내 보였다.

"초대장에는 샤스틸도 데리고 오라고 적혀 있더군."

시키는 대로 고분고분 따를 필요는 없지만 상대는 〈마왕〉이다.

자간이 데리고 가지 않으면 다른 방법을 통해서라도 억지로 야회에 참가하게 될 게 뻔했다.

――안 그래도 서툰 점이 많은 놈인데…….

이야기 정도는 해둬야지. 안 그러면 〈마왕〉 앞에서 울상을 짓고 있을 게 눈에 훤했다.

물론 그렇게까지 돌봐줘야 할 사이는 아니지만, 굳이 따지자면 이번 일은 자간 쪽 사정이다. 자신이 말려들게 해놓고 가만히 묵살하는 건 영 내키지 않았다. 그 소녀는 네피의 친구이기도 하고 자간 역시 딱히 싫어하는 건 아니다.

그래서 지금 네피와 둘이서 만나러 가려는 참이었다.

샤스틸이라는 이름을 들은 발바로스가 귀찮아 죽겠다는 표정을 지었다.

"말이 나와서 말인데, 도대체 언제까지 그 여자를 지켜야 하는 거냐?"

그 말에 자간의 눈이 동그래진다.

——아, 그러고 보니 '언제까지'라고 말하지 않았지.

한 달쯤 전, 교회 내부에서 샤스틸의 목숨을 노린 일이 있었다. 그때 어쩌다 보니 발바로스에게 그녀를 지키라는 명령을 내렸다.

그로부터 한 달이나 지났지만 이 남자는 착실하게 샤스틸을 지키고 있었던 모양이다.

잠시 동안 생각에 잠긴 자간은 시치미를 뗀 얼굴로 고개를 갸웃거렸다.

"내가 기한을 정했던가?"

"윽……. 젠장, 어째 인심 좋게 군다 했다. 이건 사기야, 사기!"

울분을 토하던 발바로스는 문득 생각난 것처럼 말했다.

"그나저나 왜 그 여자까지 초대한 거지?"

"우리 성에 살고 있는 사람은 잠시 묵었던 사람까지 포함해서 전원 초대를 받았다. 아마도 나와 관계가 있는 사람은 다 부를 요량이겠지."

그렇게 대답하자 발바로스는 어쩔 수 없다는 듯한 미소를 지으며 덥수룩한 머리를 쓸어 올렸다.

"호오, 그렇군. 〈마왕〉 쪽에서 먼저 주목해준다는 건 그리 기분 나쁜 일이 아닌걸. 그런 거라면 나도 따라가주지."

"……? 네 이름은 없는데?"

"뭐어? 왜!"

"나야 모르지."

이번에야말로 발바로스는 울음을 터뜨렸다.

——일일이 귀찮은 녀석이군.

그래도 발바로스는 굴하지 않고 거들먹거리며 말했다.

"아니, 잠깐만. 너희들 모두 야회에 초대받았다면 이 성과 마왕전이 텅 빈다는 뜻이잖아?"

마왕전은 선대 〈마왕〉 마르코시어스의 성이다.

그 성의 관리는 기본적으로 라파엘과 포레에게 맡겨두었다. 포레도 식사 시간에는 돌아오지만 낮에는 그쪽에서 조사를 하고 있다. 오늘도 자간과 네피가 마을에 가 있는 동안 마왕전에 갈 예정이었다.

자간은 별 일 아니라는 듯 고개를 끄덕인다.

"뭐, 그렇겠지."

"그러면 불안해서 안 되지. 네가 없는 동안 나 님이 살짝 돌아봐줄까 하는데."

"자간, 역시 이 녀석은 처리해버리자."

의기양양한 얼굴로 말하는 발바로스를 보고 포레가 차갑게 내뱉었다.

발바로스는 분노로 이마에 핏대가 섰지만 차분하게 말을 이어갔다.

"이 꼬마 계집이……, 하지만 결정은 자간이 한다. 네 생각은 어떠냐?"

"글쎄, 별로 상관없을 것 같긴 한데."

그렇게 대답하자 포레가 비난어린 눈으로 쏘아봤다.

"자간은 심부름꾼에게 너무 물러터진 경향이 있어. 이 자식, 마왕전에서 도둑질을 하려는 게 분명해."

"상관없다. 외부인이 가지고 가려고 하면 그에 상응하는 꼴을 당하도록 해뒀으니까."

"상응하는 꼴……?"

포레는 고개를 갸웃거렸지만 발바로스는 흥분해서 외쳤다.

"이 자식이, 역시 그건 네놈이 한 짓이었냐? 얼마 전에 마도서를 들고 가려고 했다가 하마터면 죽을 뻔했단 말이다."

"……뭐야. 안 죽었냐."

"어째 아쉬워하는 것 같다?"

자간의 허가 없이 마왕전에서 무언가를 들고 나가려고 하면 마왕 후보라도 죽을 수 있는 마술이 발동하도록 되어 있다.

——이 녀석이 죽지 않았다면 좀 더 강력한 함정을 설치해둬야겠군.

마도서를 들고 나가는 데는 실패한 것 같지만 이 남자는 질리지도 않고 다시 훔치러 들어갈 것이다. 그래선 의미가 없다.

왠지 겁에 질린 것 같은 포레의 모습에 자간은 다시 소녀의 머리를 톡톡 두드렸다.

"걱정하지 마. 너와 라파엘에게는 반응하지 않도록 해두었으니까."

"자간, 대단해."

감탄어린 소녀의 말에 자간은 고개를 갸웃거렸다.

"그 정도는 보통 아닌가?"

발동할 상대조차 식별하지 못하면 부하나 가족까지 말려들 수 있다.

하지만 발바로스도 포레의 말에 동의했다.

"그게 왜 보통이야! 마술의 표적은 자신과 그렇지 않은 것을 구분하는 게 고작인데!"

"그러면 네피와 포레도 말려들잖아."

"애당초 그딴 걸 신경 쓰는 마술사가 어디 있냐!"

듣고 보니 마술사는 철두철미하게 자기밖에 생각하지 않는 족속이다.

그 정도로 세밀하게 상대를 식별하는 마술은 필요하지 않다.

――내 마술 때문에 네피가 다치게 할 순 없잖아.

그래서 네피가 성에 왔을 때 제일 먼저 한 일은 모든 함정을 바꾸는 것이었다.

당시에는 그러는 게 너무나도 자연스러웠기 때문에 깊이 고민해보지 않았지만 생각해보면 그런 마술은 본 적이 없다. 이것 역시 자간의 오리지널인 셈이다.

자간은 흥 하고 콧방귀를 꼈다.

"그리 어려운 일도 아니다. 게다가 그 정도 기량도 없이 〈마왕〉이라 할 수 있나?"

"네, 네."

발바로스는 질린 얼굴로 자리에서 일어났다.

그리고 발밑에 마법의 그림자를 만들어서 그 안으로 잠겨들다가 마지막으로 문득 생각난 것처럼 중얼거렸다.

"아, 맞다. 일단 확인해두겠는데, 진짜 아무 말 안 해도 괜찮은 거지?"

끈질기군——그렇게 말하려다가 발바로스가 보고 있는 게 자간이 아니라 네피라는 걸 깨달았다.

네피는 조금 망설이는 듯 보였지만 곧이어 고개를 끄덕였다.

"흐음. 괜히 헛수고만 했군. 내가 바보지."

그렇게 투덜거리며 발바로스는 그림자 속으로 사라졌다.

그 모습을 지켜본 네피가 가슴을 꾹 눌렀다.

"발바로스 님에게도 다정한 면이 있는 것 같아요."

"엇, 죽이는 게 낫다거나, 뭐, 그런 게 아니고?"

"자간 님, 발바로스 님과는 친구……이신 거죠?"

왠지 자신 없게 중얼거리는 네피의 모습에 자간은 의외라는 듯 고개를 기울였다.

"아니? 딱히 그런 식으로 인식해본 적은 없는데."

"그, 그렇군요……."

네피는 아연실색한 모습이었지만, 그래도 왠지 흐뭇해하는 것처럼 귀를 쫑긋거렸다.

발바로스는 짜증났지만 기분이 좋아 보이는 네피를 볼 수 있어서 만족스러웠다.

――그 사람은 도대체 누구였을까…….

야회 당일. 네피는 옷 가게 안에서 드레스를 입고 있었다.

야회를 위해 자간이 새로 드레스를 사줬는데, 그도 네피도 드레스 입는 방법을 몰랐다. 전에 드레스를 입었을 때도 네피는 입혀주는 대로 가만히 있기만 했었다.

그런 네피의 허리에 코르셋을 졸라매며 아름다운 녹색 날개를 흔들고 있는 사람은 친구인 마뉴엘라다. 눈앞에 있는 전신 거울 앞에 네피가 두 팔을 벌린 채 가만히 서 있기만 해도 마뉴엘라는 능숙한 손놀림으로 드레스를 입혀나갔다.

코르셋 끈을 적당한 세기로 묶으며 친구가 물었다.

"너무 답답하진 않아?"

"네. 괜찮아요."

"많이 먹을 거면 조금 느슨하게 해줄게."

"그렇게 많이는 못 먹는 걸요."

네피는 쓴웃음을 지어 보일 요량으로 귀 끝을 살짝 떨었다.

하지만 그러는 동안에도 그날 큐아노에이데스에서 그녀를 습격했던 '검은 네피'가 네피를 걱정스럽게 만들었다.

자간에게 위로를 받기는 했어도 곧 가게 될 야회에는 분명 그녀도 있으리라.

한 번 더 얼굴을 보게 된다고 생각하자 다시 무서워졌다.

——나는 너다——.

그 말은 무슨 의미였을까.

전신 거울을 보며 가만히 뺨을 만져본다.

마치 네피의 색을 반전시킨 것처럼 똑같은 얼굴을 가진 소녀.

무엇보다 네피와 똑같이 '저주 받은 아이'라는 표시인 하얀 머리카락.

똑같이 하얀 머리를 가진 엘프였지만 그녀의 눈은 증오로 일그러져 있었다. 모든 것을 포기한 자신과는 정반대에 있는 눈이다.

무엇보다 그녀가 휘두른 힘이 무서웠다.

수정을 다루는 마술. 분명 무시무시한 힘이지만 자간이나 포레가 휘두르는 마술보다 뛰어난가 하면 딱히 그렇지는 않다.

하지만 자간에게 마술을 배우기 시작한 지금의 네피는 알 수 있었다.

——그 사람이 **무슨 말을 하는지**, 알아버렸다…….

그건 분명 그들이 다루는 마술과는 다른 구조를 가진 힘——'마법'에 가까운 힘이다.

네피는 무섭다고 생각하면서도 '그 언어'로 이루어진 마술을 다음 순간에는 자신이 빼앗아 능숙하게 휘둘러 보였다.

그렇기 때문에 '검은 네피'의 말이 가슴에 박혔다.

'그 언어'는 좋지 않은 게 분명했다. 그런데도 자신은 그 의미를 알아버렸고 아마 말로 할 수도…….

──나도 그렇게 되어버리는 건 아닐까……?

무언가를 증오하고 아무렇지도 않게 사람을 죽이며 그런 무시무시한 힘을 휘두르게 되는 건 아닐까.

그런 자신을 자간은 사랑해줄까.

아니, 사랑해줄 것이다.

매달리면 절대 네피를 버리지 않을 것이다. 하지만 그건 그에게 기생하기만 하는, 방해물에 불과하다.

그렇게 도움이라곤 되지 않는 비참한 신세로 전락하는 건 참을 수 없다.

성에서 한 번 쫓겨났던 네피가 다시 자간에게 돌아온 것은 그에게 힘이 되어주고 싶었기 때문이다.

그래서 네피는 자간에게도 그 이야기를 할 수 없었다.

어깨를 끌어안은 채 떨고 있자 부드러운 손이 팔에 닿았다.

"네피, 괜찮아?"

마뉴엘라였다.

어느새 드레스 착용이 다 끝나 있었다.

하얀색을 베이스로 요소요소에 검은색 장식이 들어간 모노톤 드레스다. 가슴 언저리에 더해진 심홍색 리본이 강렬한 인상을 준다. 자간이 준비해줬기에 한층 더 자신에게는 아까울 정도로 아름다운 드레스라는 생각이 들었다.

네피는 아무 일도 아니라는 듯 고개를 옆으로 흔들었다.

"괜찮아요. 생각할 일이 좀 있어서 그런 것뿐이에요."

"그렇게 보이지 않는데?"

마뉴엘라가 네피의 뺨을 살짝 잡았다.

"안 그래도 네피는 표정이 딱딱한 편인데 지금은 진짜 표정 없는 가면을 쓰고 있는 것 같아. 주인님과 파티에 가는데 그런 표정을 짓고 있어도 돼?"

"그건……, 안 되죠."

"그치? 그렇다면 무슨 일이 있었는지 이야기하는 게 좋지 않을까?"

마뉴엘라 나름대로 상담해주겠다고 말하고 있는 것이다.

물론 그 마음은 고마웠지만 자간에게도 말하지 못한 이야기다. 그렇게 쉽게 꺼낼 수 있는 이야기가 아니었다.

마뉴엘라는 네피의 마음을 꿰뚫어 보기라도 하는 것처럼 전신 거울 속 얼굴을 가만히 들여다봤다.

"얼마 전에 마을에서 난동을 피운 마술사가 네피와 똑같이 생겼다는 이야기?"

움찔, 몸이 떨린다.

직접 본 건 아닌 것 같지만 마뉴엘라의 귀에도 들어올 만큼 마을에서도 크게 소문이 난 모양이다.

마뉴엘라는 못 말리겠다는 듯 웃었다.

"표정은 딱딱한 주제에 금방 얼굴에 다 드러난다니까."

그러고는 초록색 날개로 뒤에서 네피의 몸을 감싸 안았다.

"그 아이, 가족이나 지인이었어?"

"……아뇨, 만난 적은, 없는 것 같아요."

네피가 살던 엘프 마을에서는 본 적이 없다. 만약 그 마을에 있었다면 네피와 똑같은 머리를 가진 그녀에 대한 소문을 듣지 못했을 리 없다.

"……그렇지만 굉장히, 싫은 사람이었어요."

"하긴 길거리에서 갑자기 공격해온 사람이니까."

"……전, 그렇게, 되고 싶지 않아요."

쥐어짜내는 것 같은 목소리로 그렇게 말하자 마뉴엘라는 네피의 볼에 얼굴을 대고 가만히 비볐다.

얼마 전에 자간이 했던 것과 똑같은 볼 비비기다.

"네피는 바보구나. 네가 그렇게 될 리 없잖아."

마뉴엘라는 모른다.

네피가 '검은 네피'의 언어를 이해했다는 사실도, 그녀의 힘을 자신의 것처럼 다룰 수 있었다는 사실도.

아무 대답도 못 하고 있자 마뉴엘라는 이상하다는 듯이 말을 이었다.

"그렇게 걱정되면 또 나한테 오면 되잖아. 이 언니가 언제든 원래의 네피로 되돌려줄 테니까. ……아니면 날 못 믿어서 그래?"

"그렇지……않아요."

"그럼 뭐가 문제야? 너한테는 나도 주인님도 있잖아. 포레 짱과 마을 사람들도 있고."

가슴 속이 뜨거워진다.

외톨이에 생각하는 것조차 그만둔 네피를 자간과 마뉴엘라, 마을 사람들 모두 다정하게 대해주었다.

확실히 자신은 더 이상 혼자가 아니다.

"……하지만 그런 식으로 다른 사람에게 매달리게 되면 나 자신이 싫어질 것 같아요."

신음을 흘리듯 그렇게 말하자 마뉴엘라는 네피의 머리를 살짝 쥐어박았다.

"네피, 그런 건 '매달린다'라고 하는 게 아니야. '의지한다'라고 하는 거지."

"의지한다……?"

네피가 눈을 동그랗게 뜨자 마뉴엘라는 그녀의 머리를 부드럽게 쓰다듬어줬다.

"그래, 의지하는 거야. 다른 사람이 의지해주지 않는 것도 의외로 섭섭한 거 알아?"

──매달리는 것과 의지하는 건 다른 걸까?

엘프 마을에서 줄곧 외톨이였던 네피는 그 둘의 차이를 알 수 없었다.

다른 사람에게 '매달리면' 반드시 주먹이 날아왔고 싸늘한 눈으로 쳐다보며 그녀를 거부했다. '의지'해도 똑같았을 것이다. '저주받은 네페리아'는 살아 있는 것 자체가 나쁜 것이라고.

그런 네피가 다른 사람에게 '매달리는 것'도 '의지하는 것'도 포기한 건 꽤나 어릴 때부터다.

──자간 님은 다른 엘프와는 달라.

그건 알고 있지만, 오랫동안 그 개념조차 잊고 있던 행위다.

어떻게 '의지'하면 되는지 알 수 없었다.

마뉴엘라는 그런 네피의 마음을 마치 꿰뚫어 본 것처럼 이렇게 말했다.

"그러면 자간 님이 지금 네피 같은 상황에 처하게 되면 네피는 어떻게 해주고 싶어?"

"그야, 무슨 일이든 상관없으니까 이야기해줬으면 좋겠고, 힘이 되어……, 아."

반쯤 감정에 휩쓸려 줄줄 말을 이어가던 네피가 얼빠진 목소리를 흘린다.

"바로 그거야. 기분 나쁘거나 하지 않지?"

"……네."

네피가 의지를 가지고 앞으로 나아가면, 멈춰서 웅크리고만 있는 게 아니라면, 그건 '매달리는 것'이 아니다. 일방적인 기생이 아니다.

이제야 앞으로 한 발 내딛게 된 기분이 들었다.

"자간 님에게, 제대로 이야기해볼게요."

이건 네피의 문제다.

그 '검은 네피'가 누구든, 그녀와 엮이면서 자신의 무언가가 변하게 되더라도 네피 스스로 매듭을 지어야만 한다.

——그렇지만 자간 님도 알아주셨으면 좋겠어.

그러니 혼자 고민하지 않고 자간에게도 다 털어놓을 것이다.

네피가 그렇게 말하자 마뉴엘라는 귀여운 여동생을 칭찬해주듯이 머리를 쓰다듬어주었다.

"아주 잘 생각했어. 울고 싶어지면 언제든 언니한테 와. 주인님한테는 비밀로 해줄 테니까."

"만약 그런 일이 생긴다면, 잘 부탁드릴게요."

솔직하게 대꾸하자 마뉴엘라는 의외라는 듯이 눈을 동그랗게 떴다.

그러고는 짓궂은 장난이라도 떠오른 듯한 미소를 지었다.

"후후후, 기다리고 있을게. 추천하는 속옷도 잔뜩 준비해뒀거든."

"그건 사양하겠습니다."

어디선가 끈으로만 만든 것 같은 속옷을 꺼내는 친구의 모습에 네피는 단호하게 고했다.

◇

얼마 후.

자간 일행은 몇 달이나 되는 항해에도 끄떡없을 것처럼 생긴 호화 여객선에 모여 있었다.

대륙 최대의 호수 스프라기다——그곳에 떠 있는 호화 여객선이 〈마왕〉 비프론스의 야회가 열리는 곳이었다.

객실 창문으로 밖을 보던 포레가 호오 하고 한숨을 흘린다.

"이게 배라는 거야?"

밖에는 마을 전체는 물론이고 작은 섬 정도는 간단히 들어갈 만큼 커다란 호수가 펼쳐져 있다. 가까운 바다로 나가면 육지가 희

미하게 보이고, 마술을 사용하지 않으면 호수 바닥까지 잠수하기가 불가능한 깊이다.

자간 일행이 안내를 받아 간 곳은 가구까지 갖추어진 커다란 선실이었다.

성의 현관 홀 정도 넓이인 거실이 하나, 그리고 인원수에 맞는 침실까지 마련되어 있다. 포레가 들여다보고 있는 것은 거실에 있는 창이었다. 끼워 넣는 방식의 작은 창문이라 열 수는 없지만 주갑판과 꽤 가까운 높이에서 밖을 볼 수 있었다.

등급으로 따지면 일등실에 해당될 것이다.

거실 한쪽 구석에는 마술을 이용해 녹지 않도록 해둔 얼음이 채워진 냉장고도 있었고, 안에는 시원한 술까지 갖춰져 있었다. 그 외에도 햄과 치즈, 초콜릿 등 맛있는 음식들이 있어서 설사 이곳에 갇히더라도 며칠 정도는 생활이 가능할 것 같았다.

방에는 창문에 붙어 있는 포레 외에도 자간과 네피, 그리고 라파엘, 이렇게 네 사람이 모여 있었다. 포레를 제외한 나머지 사람들은 저마다 의자에 앉아 있다.

샤스틸은 아직 오지 않았다.

성기사인 그녀가 남의 눈에 띄는 곳에서 〈마왕〉인 자간과 친하게 지내는 모습을 보이면 또 어떤 적을 만들게 될지 모른다. 그래서 회장에서 합류하기로 했다.

자간은 평소처럼 로브 차림이었지만 네피를 비롯한 다른 사람들은 드레스를 잘 갖춰 입고 있었다——라고 해도 마뉴엘라가 일방적으로 고르고 결정한 것이나 마찬가지지만——네피는 모노톤의 드레스, 포레는 기장이 짧은 플레어 스커트로 된 드레스다.

눈이 마주치자 네피는 뾰족한 귀 끝을 붉히며 고개를 숙였다.

드레스를 입으러 갈 때는 조금 어두운 얼굴이어서 마음이 쓰였는데 지금은 괜찮아 보인다. 고민이 해결되었다……기보다는 뭔가를 결심한 것처럼 보였다.

그런 만큼 지금 네피는 유난히 더 아름다워 보였다.

——평소에 보는 시녀복 차림도 귀엽긴 하지만 드레스를 입으니까 정말 아름답구나!

이 마음을 어떤 말로 표현하면 좋을까. 자간은 그저 한숨만 흘릴 뿐이었다.

이미 해는 졌지만 야회가 시작되려면 아직 더 있어야 한다.

그때까지 여기서 기다리는 것이다.

자간은 오른손에 있는 문장(紋章)으로 시선을 떨어뜨린다.

——비프론스 녀석은 이미 와 있나?

배에 탄 후부터 가끔 〈마왕의 각인〉이 열을 띤 것처럼 화끈거렸다. 똑같은 〈각인〉이 가까운 곳에 있어서 어떤 반응을 일으키고 있는 것인지도 모른다.

하지만 불안한 건 다른 사람들도 마찬가지이리라. 그렇다면 자간까지 그런 감정을 얼굴에 드러낼 순 없다.

자간은 흐뭇한 얼굴로 포레를 바라봤다.

어린 소녀는 호박색 눈을 반짝이며 바깥 구경을 하느라 정신이 없어 보였다.

"배는 처음 타보나?"

"응. 탈 필요가 없으니까."

"하긴 그렇지."

용인 포레가 굳이 인간의 배를 이용할 이유는 아무리 생각해도 떠오르지 않았다.

즐거움을 위해 타보는 일은 있을지도 모르지만 어린 용인 포레가 혼자 인간 마을에 내릴 일은 없었을 테고, 그녀의 부모는 현룡(賢龍)이라 추앙 받았던 오로바스다. 그런 그가 인간으로 변해서 배를 이용한다는 건 상상하기 힘들다.

"마음에 드나?"

"응. 흔들거리는 게 재미있어."

"마음에 든다는 게 그쪽이었나……."

경치를 즐기고 있는 줄 알았는데 배가 흔들리는 걸 즐기고 있었던 모양이다.

네피는 고개를 갸웃거렸다.

"자간 님은 배에 타보신 적이 있으세요?"

그렇게 묻는 걸 보니 네피는 배에 처음 타보는 모양이다.

――하긴 엘프의 은신처는 북쪽에 있는 성지의 산속 깊은 곳에 있다고 했으니까.

배를 접할 기회는 거의 없었을 것이다.

자간은 가만히 고개를 끄덕였다.

"어렸을 때 먹을 것을 훔치려고 수하물을 뒤적이다가 그 안에 떨어졌는데 그대로 뚜껑이 덮인 채 배에 실렸지. 다행히 음식은

먹을 수 있었지만 하마터면 질식해서 죽을 뻔했다."

그 후, 이상한 소리가 나는 걸 들은 선원이 구출해줬지만 이번에는 밀항자로 오인 받아 흠씬 두들겨 맞았다.

……뭐, 자간도 식량을 잔뜩 먹어치웠으니 비난할 입장은 아니지만.

네피는 가슴 아픈 듯 귀를 축 늘어뜨리더니 마치 자기 일처럼 고개를 크게 끄덕였다.

"이해할 수 있어요. 저도 배고픔을 견디다 못해 식량 창고에 있는 벌꿀을 핥아먹다가 그대로 갇혀서 얼어 죽을 뻔한 적이 있거든요."

어린 네피가 몰래 벌꿀을 핥아먹는 모습을 상상하자 저절로 미소가 떠오르며 가슴이 뜨거워졌지만 마냥 흘려들을 수 없는 말에 자간은 스산한 목소리로 물었다.

"널 그렇게 만든 놈의 특징에 대해 자세히 말해봐. 똑같은 고통을 맛보게 해줄 테니까."

"그 마음은 감사하지만 이미 죽었을 거예요."

네피가 살았던 마을의 엘프들은 인간의 습격을 받아 대부분 죽었다.

네피를 학대한 놈들이다. 당연히 동정하는 마음은 조금도 들지 않았고, 네피 역시 최근에는 신경 쓰지 않도록 노력하고 있는 것 같았다.

그래도 자간은 고개를 옆으로 흔들었다.

"죽은 게 뭐 대수란 말이냐. 죽은 자를 다시 불러내는 마술은 얼마든지 있다. 불사자(언데드)들에게는 오감이 없다고 하지만 자아는 있어. 고통을 주는 방법은 여러 가지가 있지."

자간의 전문 분야는 아니지만 필요하다면 지금부터라도 배우면 된다.

네피는 하얀 머리를 흔들며 고개를 저었다.

"돌아가신 분을 다시 불러내서 복수를 할 정도의 일은 아니에요."

"하아……. 네피는 너무 착해서 탈이야."

"자간 님이야말로 자간 님을 가둬둔 사람에게 복수하지 않으셨잖아요?"

정곡을 찔린 자간은 횡설수설했다.

"그야 훔친 과일이 맛있었으니까."

"네. 벌꿀도 달콤했어요."

"……두 사람 모두 세상 살아가기 참 고달프겠어."

네피와 자간이 공감하고 있자 포레가 어이가 없다는 얼굴로 쳐다봤다.

자간은 얼버무리려는 듯 괜히 헛기침을 했다.

"라파엘, 넌 배 정도는 타봤겠지?"

그렇게 말하며 바라본 라파엘은 연미복이 아니라 전신 갑옷을 입고 있었다.

월포레의 갑옷이다.

라파엘은 마술사들 사이에 얼굴이 너무 많이 알려져 있다. 그래서 예전의 포레——월포레가 다루던 갑옷을 입기로 한 것이다. 의수와 균형을 맞추기 위해서라는 이유도 있지만, 얼굴을 감추려면 다른 사람이 되는 것이 제일 좋은 방법이기 때문이다.

그래서 지금은 그가 '월포레'였다.

객실 안이라서 투구는 벗었지만 라파엘은 고개를 끄덕인다.

"마술사 사냥이 끝나면 또 다음 전장으로 보내졌으니까. 배 위에서 마술사를 베는 일도 적지 않았지."

이러면서 본인에게 적의는 없었다고 하니 농담이 농담처럼 느껴지지 않는 것이다.

라파엘은 가만히 중얼거렸다.

"호수는 참 좋아. 바람도 시원하고. 바닷바람은 세례 갑옷에도 달라붙거든. 끈적거리는 불쾌감 때문에 나도 모르게 표정이 험악해진단 말이야."

세례 갑옷이란 교회가 마술사에 대항하기 위해 만든 갑옷이다. 이것을 입은 사람은 맨손으로 대지를 부술 수도 있다고 할 만큼 초인적인 힘을 얻게 된다.

이 남자의 표정이 더 험악해진다면 그야말로 처형자가 낫을 들고 노려보고 있는 것처럼 보일 것이다. 같은 배에 타고 있었던 사람들이 딱하기 그지없었다.

자간은 '월포레의 갑옷'으로 시선을 던졌다.

"갑옷이라니까 생각난 건데, 그 갑옷, 불편하진 않나?"

"음. 오히려 지금껏 착용했던 세례 갑옷보다 더 편하게 느껴질 정도다. 이거라면 어중이떠중이 마술사들에게 뒤처지는 일도 없을 거야."

라파엘은 성기사다. 지난번 전투에서 한쪽 팔을 잃은 그가 세례 갑옷까지 사용하지 못하게 되면 그보다 아래의 마술사에게도 고전을 면치 못하게 될지도 모른다.

그래서 자간은 월포레의 갑옷을 세례 갑옷으로 **고쳐 만들었다**.

라파엘은 흥미진진하게 중얼거렸다.

"그런데 나의 왕, 도대체 어떻게 한 거지? 세례 갑옷을 만드는 방법은 교회에서도 비밀에 부쳐져 있다. 아무리 〈마왕〉이라도 그냥 뚝딱 만들어낼 수 있는 게 아닐 텐데."

"뭐, 그렇긴 하지. 애당초 마술사에게는 별 의미가 없는 기술이니까."

자간의 말에 라파엘은 고개를 갸웃거렸다.

"세례 갑옷은 마술사에 대항할 수 있는 몇 안 되는 힘이다. 나의 왕 정도 되는 자라면 몰라도 하위 마술사에게는 연구할 만한 힘이 아닌가?"

"그게 무리란 말이지. 성검도 세례 갑옷도 마술과는 근본적으로 구조가 다른 힘이거든. 아무리 연구해도 마술에 응용할 수가 없어. 그렇기 때문에 신출내기 마술사에게 있어서는 연구의 실마리조차 잡을 수 없는 마술이라 할 수 있지. 아무리 조사해봤자 수지타산이 맞질 않아."

자간조차 마왕전에 있는 책과 실물 성검, 그리고 네피가 있어주었기에 간신히 여기까지 올 수 있었다.

그리고 그 정도로 고생해서 제작법을 알아냈다 해도 마술에는 응용하지 못하는 힘이다.

즉, 마술사가 연구해봤자 얻을 게 없다.

그래서 〈마왕〉조차 제대로 연구하려 하지 않았던 것이다. 마르코시어스의 유산 중에서도 성검과 세례 갑옷에 관한 책은 손가락으로 꼽을 수 있을 만큼 적었다.

이야기를 나누고 있자 포레가 창에서 떨어져 네피의 무릎 위에 오도카니 앉았다. 아무래도 성검 이야기가 나오자 흥미가 동한 모양이다. 네피도 자연스럽게 소녀의 머리를 쓰다듬었다.

자간은 순서대로 설명하기로 했다.

"어디 보자, 라파엘. 교회의 세례 갑옷이 왜 힘을 가지고 있는지 구체적인 이유는 알고 있나?"

그 질문에 라파엘은 고개를 가로저었다.

"유감스럽게도 그건 모른다. 벨 수만 있다면 이름 따윈 필요치 않은 법."

"뭐, 틀린 말은 아니야. 아마 다른 성기사들도 비슷한 생각이겠지."

샤스틸조차 세례 갑옷의 구조에 대해서는 모르는 것 같았다.

이 객실에는 펜과 종이도 준비되어 있었다. 자간은 테이블 위에서 그것들을 집어 든 다음 슥슥 '어떤 문양'을 그렸다.

"네 세례 갑옷에는 이런 문양이 새겨져 있었다."

라파엘이 걸치고 있던 세례 갑옷은 지난번 전투에서 부서졌다.

힘을 잃게 되면서 자간이 연구 재료로 받아뒀는데 해체해보니 내부에 문양을 새긴 호부(豪富, 아뮬렛)가 들어 있었다.

자간이 그린 문양을 라파엘과 포레가 가만히 살펴본다.

"이게 성검에 새겨져 있는 문양인가?"

"그래. 완벽하게 똑같지는 않지만 같은 종류의 문자다. 이걸 새겨서 힘을 얻는 것 같더군. 그렇기 때문에 성검과 세례 갑옷의 힘은 같은 원이라고 볼 수 있다."

즉, 신령(神靈)언어다.

다만, 이라며 자간은 심각한 표정을 지었다.

"이건 회로처럼 다룰 수는 없는 것 같다. 내가 마력을 넣어도 효과는 없었지. 회로에 짜 넣어도 의미는 없었고. 용의 마술과도 다른 부류로 보여."

그렇다면 마술사에게는 연구할 의미가 없다.

포레를 향해 시선을 던지자 소녀는 녹색 머리를 흔들며 고개를 끄덕였다.

"아버지라면 뭔가 알고 있을지도 모르지만 내가 아는 마술은 아니야."

그래서 한때는 연구가 난관에 봉착하기도 했다.

음, 하고 라파엘이 고개를 끄덕인다.

"그런데 어떻게 그걸 다룰 수 있게 된 거지?"

"네피 덕분이다."

자간은 그렇게 대답했다.

"네피가 네 성검을 보더니 '메타트론'이라고 읽어내더군."

원래 소유자인 라파엘조차 거기에 새겨져 있는 것이 성검의 이름이라는 사실을 몰랐는데.

네피는 조심스럽게 고개를 끄덕였다.

“네. 엘프 마을에서 사용하던 문자와는 다르지만 어디선가 본 적이 있을지도 몰라요. ……그렇지만 읽고 쓰는 걸 배운 게 아니라서 뜻은 잘 몰랐어요.”

‘메타트론’이라는 글자, 그리고 세례 갑옷에 새겨져 있던 글자를 제외하고는 네피도 어떻게 쓰는지 몰랐다.

그래도 **읽을 수 있다**는 건 아주 큰 단서였다. 어디까지가 문자이고 어떻게 구분 지으면 되는지 알게 되었으니 말이다.

네피가 읽는 법을 밝혀내고 며칠 후, 신령언어의 연구는 비약적으로 발전했다.

이젠 자간도 어느 정도는 읽을 줄 알 정도다.

“단어의 뜻은 모르지만 읽을 수 있다는 건 역시 네피와 관계가 있는 문자라는 건가.”

자간은 말을 이어간다.

“혹시나 하는 생각에 네피에게 문양을 복제해달라고 했더니 힘을 얻을 수 있었다.”

그것이 라파엘의 세례 갑옷을 마련할 수 있었던 이유였다.

――게다가 라파엘의 말에 따르면 정규 세례 갑옷보다 성능이 더 뛰어난 것 같고 말이지.

의미도 모른 채 복사한 것보다는 그 문자를 아는 사람이 적은 게 더 정확하다는 뜻이리라.

“그러니 따지고 보면 네 갑옷을 세례 갑옷으로 다시 만든 사람은 네피다. 네피가 없었다면 연구도 여기까지 진척되지 못했을 거야.”

“자간 님께 도움이 되었다니 그저 기쁠 뿐이에요.”

겸손한 말이었지만 칭찬을 받아서 기쁜 것 같았다. 끝 부분까지 뾰족하게 선 귀가 작게 떨렸다.

라파엘도 공손하게 가슴에 손을 올리고 머리를 숙였다.

“역시 네피 양. 나의 왕의 총애를 한 몸에 받는 숙녀는 다르군.”

“아우우…….”

두 사람에게 한꺼번에 칭찬을 받는 건 역시 견디기 힘든지 네피는 새빨개진 얼굴을 가렸다.

자간은 그런 네피를 흐뭇하게 바라보며 말을 이어갔다.

“아마 이건 엘프나 그와 가까운 종족의 언어일 거다. 교회에도 그들과 가까운 핏줄을 가진 사제가 있는 게 아닐까?”

엘프와 가까운 혈연관계에 있는 사람이 세례 갑옷을 제작하고 있다고 해도 신령언어가 실전된 건 교회도 마찬가지다.

그렇기에 네피만큼 정확하게 그 의미를 이해하지는 못했던 것이다.

――그래서 성검도 12자루밖에 존재하지 않는 것이겠지.

신령언어를 잃어버리게 되면서 더 이상 만들어내지 못하게 된 것이다.

그 사실을 깨달았는지 포레의 눈이 커다래졌다.

"그럼 네피는 성검도 복제할 수 있어?"

당연한 의문이지만 네피는 고개를 가로저었다.

"아뇨. 시험해봤지만 그건 불가능했어요."

"음. 아마도 의식이나 장소 같은 조건이 필요한 거겠지. 그렇게 간단히 만들 수 있는 거라면 교회도 엘프의 협력을 받아 성검을 만들었을 테니까."

물론 어느 정도의 힘은 부여되었지만 오리지널 성검에는 턱없이 부족했다.

세례 갑옷을 오리지널 이상의 힘으로 만들 수 있는 네피조차 그 정도 위력밖에 되지 않는다. 어지간한 조건이 갖추어지지 않는 이상 13번째 성검을 만들어내지는 못할 것이다.

——나야 딱히 성검이 필요한 건 아니니까.

자간은 어디까지나 마족에 대한 대항책과 〈마왕의 각인〉의 비밀을 알고 싶은 것이다. 성검을 조사했던 것도 〈마왕의 각인〉과 성검의 문양에 유사점이 많았기 때문이다.

그렇지만 네피도 〈마왕의 각인〉을 문자로 인식하지는 못했다.

〈각인〉은 신령언어와 흡사하지만 신령언어를 조금 안다고 모든 것을 다 밝혀낼 수 있을 만큼 간단한 일은 아닌 듯했다.

——아무 관계도 없는 건 아닌 모양이지만.

오늘 밤, 비프론스의 야회에 온 것은 새로운 단서가 있지 않을까 하는 기대가 있었기 때문인지도 모른다.

자간은 〈각인〉이 떠오른 오른손을 꽉 쥐었다.

"어쨌든 연구 성과는 계속 나오고 있어. 앞으로 네피도 본격적으로 협력하게 될 거고. 포레, 라파엘, 너희들도 도와줘야겠어."

"응. 열심히 할게."

"알았다. 가사라면 맡겨줘."

"……기대하도록 하지."

흉악한 인상과는 반대로 라파엘은 집사로 일할 수 있을 만큼 가사 전반을 어려움 없이 해냈다. 네피가 은근슬쩍 경쟁심을 느낄 정도다.

――나야 가사 부담이 줄어든 만큼 네피와 함께 있을 수 있는 시간이 늘어나서 고마울 뿐이지만.

의자 등받이에 몸을 깊이 파묻은 자간이 눈을 가늘게 떴다.

"그렇지만 지금 중요한 건 비프론스의 야회다."

마냥 사이좋게 지내자고 자간을 초대했을 리 없다.

"야회 중에 시답잖은 짓을 벌일 생각이겠지. 어쨌든 상대는 〈마왕〉이다. 방심하지 마라."

마음을 다잡도록 그렇게 말하자 포레와 라파엘도 고개를 끄덕였다.

그런 와중에 네피가 드레스 자락을 꽉 잡는 게 보였다.

그리고 결심한 것처럼 입을 열었다.

"저기, 자간 님. 이야기해두고 싶은 일이――."

"――실례합니다."

노크도 없이, 네피의 말을 가로막듯 문이 열렸다.

――네피가 뭐라고 말을 하려고 하는데, 도대체 어떤 눈치 없는 녀석이야!

문을 연 사람은 아직 어린 마술사였지만 자간은 분노를 담아 그를 노려보았다.

"히익, 아, 저, 저, 저기……."

젊은 마술사는 그제야 자신이 무슨 짓을 했는지 깨달은 것이리라. 엉덩방아를 찧고는 덜덜 떨었다.

――이대로 목 졸라 죽일까?

자간이 손에 마력을 실으려고 하자 네피는 아무 일도 아니라는 듯 머리를 흔들었다.

"자간 님, 진정하세요. 용건이 있어서 찾아오신 분일 거예요."

젊은 마술사는 착한 네피의 말에 구원이라도 받은 것처럼 고개를 마구 끄덕였다.

"저, 저기, 〈마왕〉 자간 님의 일행분께서 오셨습니다."

――일행……? 샤스틸인가.

그렇다면 그냥 놔둘 수도 없다.

마지못해 일어나는 자간.

"알았다. 곧 가지."

그런 다음 네피를 바라본다.

"미안하게 됐군. 그래서 무슨 말을 하려고 했지?"

"……아뇨, 아무것도 아니에요."

타이밍을 놓친 네피의 귀가 아래로 축 처졌다.

——얼마 전에 일어난 일에 대한 이야기일 텐데…….

간신히 이야기할 마음이 든 것 같은데. 이야기를 하기도 전에 방해한 마술사가 더없이 증오스러웠다.

그리고 객실을 나가려고 할 때였다.

——킥킥킥——

익숙한, 하지만 그런 식으로 웃을 리 없는 사람의 웃음소리가 들렸다.

"자간, 왜 그래?"

자간이 걸음을 멈추자 포레가 의아해하며 고개를 갸웃거린다.

"……아니, 아무것도 아니다."

——어쩌면 이미 놈의 수작에 걸려들었는지도 모르겠군.

이제 곧 연회를 앞둔 사람답지 않은 경계심을 가슴에 품고, 자간은 갑판으로 향했다.

◇

"……자간, 몇 가지 확인해두고 싶은 게 있는데."

객실을 나와 갑판으로 가니 샤스틸이 기다리고 있었다.

샤스틸의 머리에 맞춘 심홍색 드레스로 허리에는 순백의 장식끈이 감겨 있었다. 객관적으로 봐도 썩 괜찮은 조합이었다. 성검은 어딘가에 감춰뒀는지 검은 지니고 있지 않았다.

그리고 그녀가 마지막 초대손님이었는지 배는 조용히 항구를 떠났다.

호수는 몇몇 하천으로 흐르고 있는데 그중 하나는 큐아노에이데스로도 통한다. 샤스틸은 그쪽을 이용해서 왔다.

그런데 갑판을 서성거리던 샤스틸은 자간의 얼굴을 보자마자 눈물을 글썽이며 그런 말을 했다.

"음, 무슨 일이지? 말해봐."

샤스틸은 새파랗게 질린 얼굴로 갑판을 둘러보았다.

"여기가 야회가 열리는 곳이 맞아?"

"그래, 맞아. 비프론스 녀석, 배 위에서 연회라니, 제법 센스가 있단 말이지."

객실에서 이런저런 대화를 나누는 동안 해도 이미 진 것 같았다. 호수는 밤의 색으로 물들고 달도 구름에 가려졌는지 테이블마다 세워져 있는 촛불만 주위를 비추고 있었다.

몇 발짝 떨어지면 맞은편에 있는 사람의 얼굴도 보이지 않을 만큼 어두컴컴한 공간.

교회가 퍼뜨린 마술사에 대한 편견 중에 사바트라는 게 있다. 악마를 숭배하는 마술사들이 모여서 벌이는 기이한 의식이다.

현실의 마술사는 협조라는 개념을 가지고 있지 않아서 그런 집회를 열지도 않고 악마 따위를 숭배하지도 않지만, 이 연회장은 변명의 여지가 없을 만큼 사바트 같은 분위기를 풍겼다.

게다가 이 여객선은 넓은 호수에 호젓이 떠 있다.

교회가 보낸 자객이 가까이 오면 금방 알 수 있으며 배는 이동도 할 수 있고, 버리고 다른 것으로 갈아탈 수도 있다. 문제를 일으킨 사람을 밖으로 집어던지면 바로 내쫓을 수도 있으니 이보다 이상적인 연회장은 또 없을 것이다.

자간은 새삼 배를 바라보았다.

전체 길이가 객석까지 포함한 콜로세움의 끝에서 끝까지 닿을 만큼 큰 배다. 승객도 200명은 수용할 수 있을 것이다.

튼튼한 세 개의 돛대에 돛이 몇 개나 달린 범선으로 주갑판에는 화려한 테이블도로 장식된 테이블이 줄지어 있고 그 위에는 술병과 술잔이 늘어서 있다. 마술로 배를 조종하고 있는지 승무원 같은 사람은 보이지 않았다.

이 정도 규모의 배는 대륙 전체를 뒤져도 다섯 척도 안 되리라.

——좋은 술을 준비해뒀군.

자간도 맛을 보기 위해 술잔 하나를 들어봤는데 상당히 좋은 술이었다. 상표 같은 건 여전히 잘 모르지만 발바로스가 가지고 오는 것보다 나으면 나았지 못하지 않았다.

갑판의 모습을 살펴보면서 자간은 고개를 갸웃거렸다.

"무슨 문제라도?"

"아니, 그게……."

샤스틸은 곤란한 얼굴로 다시 갑판을 바라봤다.

"그, 그러니까 어두운 건 그렇다 쳐도 여기는 왜 이렇게 음산한 음악이 흐르고 있는 거지?"

갑판 한켠에는 피아노가 있었고 바이올린과 플루트 같은 악기 연주자들이 나란히 으스스한 음악을 연주하고 있었다.

가수는 물의 정령(운디네)……. 아니, 인어족의 일종일 것이다. 파란색 머리를 가진 아름다운 소녀였는데 그 하반신은 뱀도 물고기도 아니었다.

음울한 야회에 핀 한 떨기 꽃 같은 존재라고 할까.

센스 있는 선택이기는 하다.

"야회니까 그렇지. 다른 사람에게 들려주기 꺼려하는 이야기를 하고 싶어하는 사람도 많거든. 그런 사람들의 목소리를 감추기 위한 배려가 아닐까?"

물론 마술사가 훔쳐 들으려고 마음만 먹으면 이 정도 소리는 아무 의미도 없지만, 그래도 일단은 사람의 기분이라는 게 있는 법이다.

그렇게 설명해주자 샤스틸의 표정이 점점 더 어두워지더니 연주자들을 가리켰다.

"그럼 저 연주자들은 뭐지? 그게, 살아 있는 사람으로는 보이지 않는데."

악기를 연주하고 있는 건 깔끔하게 차려 입은 해골이었다. 깨끗하게 관리한 뼈를 사용하고 있는지 썩은 냄새도 나지 않고 무너져 내리지도 않았다.

단, 해골이라 목소리는 내지 못한다.

가수인 세이렌이 리빙데드에 둘러싸여 덜덜 떨고 있었다. 그래도 노래하는 목소리가 떨리지 않는 걸 보면 역시 프로라고 자간도 감탄했다.

"음, 비프론스의 사역마가 아닐까? 가수는 고용한 세이렌인 것 같은데 제법 괜찮은 목소리를 가지고 있군."

음악은 절정에 돌입했고 까마귀의 단말마 같은 목소리가 울려 퍼졌다. 그런데도 목이 상하지 않는 걸 보면 역시 대단하다.

샤스틸은 믿기지 않는 듯한 얼굴로 이렇게 말했다.

"마술사들은 이런 음악에 맞춰 춤을 춰?"

"……? 춤? 무슨 말이지?"

자간이 이해가 안 된다는 얼굴로 고개를 갸웃거리자 옆에 있는 네피의 귀가 쫑긋거렸다.

――혹시 춤에 관심이 있는 건가?

하지만 자간은 춤 같은 건 춰본 적이 없었다.

어떻게 하면 될지 고민하고 있자 샤스틸은 덜덜 떨면서 이렇게 말했다.

"이제 와서 이런 말은 좀 그렇지만, 당신이 말하는 야회라는 건 어떤 거지?"

"어떤 것이냐니, 당연히 마술사들의 거래가 이루어지는 곳이지."

샤스틸은 어안이 벙벙한 모습이다.

"그렇다면 그렇다고 말해줘야지! 괜히 이런 차림을 하고 왔잖아!"

연회장에 나타난 샤스틸은 귀족들이 파티에서 입을 법한 드레스를 입고 있었다.

그 모습을 다시 살펴본 자간이 고개를 끄덕였다.

"음, 나쁘지 않은 것 같은데?"

"저, 정말이냐? 어울리는 것 같……은 게 아니라!"

자간은 무슨 뜻인지 모르겠다는 듯 고개를 갸웃거린다.

"네피와 포레도 비슷한 차림을 하고 있다. 무슨 문제라도 있나?"

귀족들의 야회와는 다르다고 해도 정식 집회가 열리는 자리다.

마술사에게 예의라는 단어는 어울리지 않지만 정장을 입고 오는 건 상식이다. ……물론 자간은 평소처럼 로브 차림이지만 이것도 마술사의 정장이라면 정장이다.

갑판을 둘러보니 그 외에도 잘 차려입은 마술사들이 여기저기 보였다.

모든 마술사가 자간이나 발바로스처럼 차림새에 신경 쓰지 않는 건 아니다.

네피가 샤스틸을 위로하듯 말했다.

"굉장히 잘 어울려요, 샤스틸 씨."

"아, 아우, 네피도 정말 잘 어울려……. 아니, 그 얘기가 아니라니까!"

샤스틸은 당장이라도 울음을 터뜨릴 것 같은 얼굴로 드레스 자락을 꽉 쥐더니 목소리를 낮추고 호소했다.

(내가 어떻게 생각하든 난 성기사고 주위엔 온통 마술사 밖에 없단 말이야!)

그제야 자간도 이 소녀가 하려던 말이 뭔지 알았다. ……물론 가능하면 알고 싶지 않았지만.

자간은 믿을 수 없다는 듯 눈을 동그랗게 떴다.

"……설마 너, 무장도 않고 온 거냐?"

물론 드레스 차림인 지금 검을 지니고 있지 않다는 사실은 명백했지만 여분의 짐으로 가지고 온 줄 알았다.

교회의 성기사는 마술사의 신체 능력에 대항하기 위해 세례 갑옷이라 불리는, 교회의 기적이 실린 갑옷을 입는다. 라파엘의 갑옷도 이 자리를 위해 일부러 다시 고쳐 만들었을 정도다.

하지만 샤스틸은 이래 봬도 세례 갑옷 없이도 제법 힘을 가지고 있다.

그래서 굳이 입고 오지 않은 건가 하고 그 담대함에 감탄하고 있었는데…….

샤스틸은 덜덜 떨면서 고개를 끄덕였다.

"성검은, 가지고 왔어. 하지만 그것 말고 다른 물건은 아무것도……."

자간은 머리를 싸맸다.

"내가 분명 야회라고 했을 텐데?"

"야회라고 하면 보통 파티를 말하는 거잖아! 그래서 그런 곳에 초대해줬구나 하는 생각에……."

교회가 야회를 습격하는 일은 그리 드문 일이 아니다.

설마 성기사장 자리에 있는 샤스틸이 그런 것도 모를 줄은 생각도 못 했다.
무슨 말을 하면 좋을지 모르는 자간 대신 월포레의 투구로 얼굴을 가린 라파엘이 호쾌한 웃음을 터뜨렸다.
"무슨 말도 안 되는 소리를! 성기사장 중에서도 가장 빠른 것으로 유명한 네 검이라면 어중이떠중이 마술사 따윈 마술을 사용할 틈도 주지 않고 해치울 수 있다. 두려워할 필요 없어."
"나한테 공생파의 기치가 되라고 한 건 당신이잖아? 왜 죽이는 걸 전제로 말하는 거지?"
"내 인생이 그랬기 때문이다!"
정당방위로 5백 명에 가까운 마술사를 죽인 것이 이 라파엘이라는 전(前) 성기사다.
서로에게 고함을 지르다가 샤스틸이 갑자기 입을 막았다.

주위에 있는 마술사들의 시선이 일제히 그녀를 향하고 있었다.

──하긴 이렇게 큰 소리로 고함을 질렀으니 못 들은 사람이 있을 리 있나.
마술사는 마음만 먹으면 이 정도 밝기에서도 모든 것을 볼 수 있다.
악단의 시끄러운 음악이 흐르고 있어도 그들의 목소리는 갑판 전체에 울려 퍼졌다. 마찬가지로 갑판에 나와 있던 마술사들이 그들을 주시하고 있었다.
(저기 있는 여자, 성기사라고 했나?)

(그러고 보니 본 적 있는 듯한데. 성기사장 중 유일한 여기사다)

(교회 녀석들, 설마 〈마왕〉이 주최한 야회에 온 건가?)

(너무 건방지군. 죽여버릴까?)

〈마왕〉이 개최한 야회에 초대받을 정도의 사람들이다. 마술사들은 두려워하기는커녕 노골적인 증오를 드러냈다.

자간은 귀찮다는 듯 한숨을 흘렸다.

――세례 갑옷도 입지 않았는데 그냥 내버려뒀다가는 무슨 일을 당할지 모르겠지.

샤스틸은 속은 저래도 외모는 상당히 빼어난 편이다.

적인 여자가 거의 비무장 상태로 배에 올라탔는데도 깨끗한 몸으로 놔둘 만큼 마술사들은 신사가 아니다.

자간은 망토를 휘날리며 말했다.

"……하여간 손이 가는 녀석이라니까. 어쩔 수 없지. 이리 와."

비프론스가 무슨 수작을 부릴지 모르기 때문에 쓸데없이 눈에 띄는 짓은 하고 싶지 않았지만 이젠 그럴 수도 없었다.

자간은 일부러 갑판 한가운데를 가로질러서 뱃머리를 향해 걸었다. 네피와 포레도 그와 함께 나란히 걸어가고 라파엘도 그 뒤를 따랐다.

그때를 기다리기라도 한 것처럼 악단도 연주를 바꿔 엄숙한 곡을 연주했다.

라파엘이 감탄하며 말했다.

"호오. 가곡 〈마왕의 행진〉인가. 연주자들도 제법 센스가 있는걸."

자간은 음악에 대해 잘 모르지만 마족의 왕이 부하들을 이끌고 침공하는 모습을 그린 곡인 모양이다. 듣고 있기만 해도 말로 설명하기 힘든 불안감이 치솟는 곡이었다.

그래서 한층 더 그들 사이를 당당하게 걸어가는 자간을 향해 경외의 시선이 모였다.

샤스틸이 당황해서 외쳤다.

"어, 어이. 놈들 사이로 들어가다니, 도대체 무슨 생각을 하는 거야!"

"이럴 때는 당당하게 행동해야 하는 법이다. 적어도 난 이럴 때 뒷걸음질 치는 모습을 보이는 〈마왕〉이 있으면 제일 먼저 그 목을 노릴 거다."

"그, 그건 그럴지도 모르지만……."

샤스틸 역시 불안해하면서도 그 뒤를 따라왔다.

자신들의 모습을 일부러 드러내 보이듯 행진하는 자간을 본 마술사들도 속닥속닥 소곤거리기 시작했다.

(어이, 자간이다.)

(새로운 〈마왕〉인가. 저기 봐, 뒤에 있는 건 〈망령〉이야.)

(죽었다는 소문도 있었는데 자간에게 항복했던 건가.)

뱀을 본떠 만든 투구를 쓴 라파엘은 그들의 의도대로 〈망령〉 월포레로 인식된 것 같았다.

라파엘은 자간의 뒤를 점잖게 걸었다.

뒤이어 마술사들의 시선을 모은 건 네피였다.

(저 하얀 엘프는 뭐지?)

(녀석의 신부다. 조심해. 전에 저 여자에게 손을 댄 〈연옥〉이 갈가리 찢겼다고 하니까.)

(아, 맞다. 7일에 걸친 고문 끝에 〈연옥〉이 절대복종을 맹세하자 목숨만 살려뒀다는 이야기였지.)

〈연옥〉은 발바로스의 별명이다.

그를 때려눕힌 건 사실이지만 이야기가 묘하게 과장되어 퍼져 있는 것 같았다.

——그러고 보니 샤스틸이 있다는 건 발바로스도 따라왔다는 건가?

그 남자는 야회에 초대받지 못해서 화를 억누르지 못하는 것 같았다. 호위를 빙자해서 따라왔을 수도 있다.

그 다음에는 네피의 옆을 종종거리며 걸어가는 포레가 주목을 받았다.

(저 뿔……. 뒤에 있는 조그만 소녀는 용인가?)

(그런 것 같군. 누구인지는 모르지만 놈의 소유권을 둘러싸고 자간이 **그** 라파엘과 싸워서 죽였다고 하더군.)

(그 마술사 사냥꾼을 죽였다는 이야기가 사실이었나?)

자간이 라파엘을 물리쳤다는 얘기는 의도적으로 퍼뜨린 것이다. '최공(最恐)'의 성기사장을 죽였다는 사실은 자간을 노리려 드는 어리석은 놈들의 적의를 꺾는 효과가 있기 때문이다.

이 또한 기대했던 효과가 있는 듯했다.

웅성대는 마술사들의 주목은 마지막으로 샤스틸에게 쏟아졌다.

(저 여자가 놈들과 나란히 있다는 건, 자간이 성검의 소녀까지

자신의 수하에 넣었다는 뜻인가?)

샤스틸이 납득할 수 없다는 표정을 지었다.

"수하라니……. 내가 언제 당신의 부하가 된 거지?"

"그냥 그런 걸로 해둬. 안 그러면 죽을지도 모른다."

"히이익!"

샤스틸은 작게 비명을 지르며 자간의 팔에 매달렸다.

그 모습을 본 마술사들도 한숨을 흘렸다.

(저것 봐. 완전히 암컷의 얼굴을 하고 있잖아.)

(그럼 저 녀석은 자간의 정부인 셈인가?)

그렇게 속닥거리는 말을 들은 샤스틸의 얼굴이 새빨개진다.

"누, 누가 암컷이라는 거야!"

"조용히 있어, 꼬랑댕이 머리. 죽고 싶냐?"

포레가 샤스틸의 엉덩이를 때린다.

샤스틸도 자간의 일행이라는 사실을 보여줘야 한다. 그렇지 않으면 마술사들은 그녀를 산 채로 돌려보내지 않을 것이다.

"으, ㅇㅇㅇㅇㅇㅇㅇㅇㅇㅇㅇㅇ!"

포레에게까지 야단을 맞자 샤스틸은 수치심으로 얼룩진 비명을 질렀지만 주위 마술사들 사이에서는 적개심이 사라져 있었다.

그렇게 갑판 횡단이 끝나자 자간은 뱃머리에 마련된 자리를 차지했다.

그리고 그대로 의자에 앉으려고 했지만 그의 팔에 매달린 샤스틸은 좀체 떨어지려 하지 않았다.

"……어이."

"오, 오해하지 마! 그러니까, 이건 팔이 경직된 바람에……."

이렇게 소심한 소녀가 비무장 상태로 마술사들을 사이를 가로질렀으니 살아 있어도 살아 있는 심정이 아니었을 것이다. 꽉 매달려 있는 팔은 잘 떨어지지 않았다.

그 모습을 본 네피가 보기 드물게 신경질적으로 귀를 떨었다.

"그럼 제가 도와드릴까요?"

"헉, 미, 미안해……."

표정은 평소와 다를 게 없었지만 그 목소리에서는 차가운 분노가 배어났다.

그 덕분이라고 할까, 샤스틸은 화들짝 놀라며 자간의 팔에서 떨어지게 되었다.

——네피의 이런 반응도 제법 신선하군.

자간을 위해 열심히 일해주는 네피지만, 자간을 향해 독점욕 같은 감정을 내보인 적은 얼마 되지 않는다.

원래 네피가 의사 표현에 서툴러서 그런 것도 있지만 근본적으로 자간과 네피는 늘 단둘이 있다. 그러다 보니 이런 태도를 보일 기회가 없었다.

비록 화를 내는 것이기는 해도 평소에는 보기 어려운 네피의 얼굴을 볼 수 있다는 건 왠지 기뻤다.

자간은 사랑스러운 소녀를 바라보며 의자에 털썩 걸터앉았다.

뱃머리의 가장 안쪽에 해당하는 자리로 단차도 다른 곳보다 한

단 높아서 갑판이 한눈에 다 들어온다. 그야말로 주빈을 위한 자리였다.

그리고 자간 쪽에서 볼 때 왼쪽에 네피와 포레가, 오른쪽에 샤스틸과 라파엘이 나란히 자리를 잡았다.

팔걸이에 팔꿈치를 올린 채, 위용을 자랑하듯 다리를 꼬고 앉아 갑판을 흘겨봤다. 거만한 미소를 띤 자간의 모습에 마술사들도 압도된 것처럼 숨을 삼켰다.

(저게 〈마왕〉 자간과 그 심복들인가.)

(불과 몇 달 전까지만 해도 거의 무명에 가까웠던 자간이 도대체 어떻게 저런 녀석들을 부하로 삼게 된 거지?)

허세를 부리는 건 내키지 않았지만 그를 두려워하는 모습을 보는 건 기분이 좋기도 했다.

테이블 위의 와인잔을 든 자간이 갑판에 있는 마술사들에게 시선을 던졌다. 그때를 기다렸다는 듯 악단의 연주도 딱 멎었다.

배 위에 정적이 찾아온다.

"자기소개까지 할 필요는 없어 보이지만 나는 자간. 〈마왕〉의 말석에 앉게 된 자다."

그렇게 큰 목소리도 아니었건만 갑판 저 끝까지 조용히 울려 퍼졌다.

그리고 와인잔을 높이 들었다.

"주최자는 아직 오지 않은 것 같지만 한껏 즐기도록 해보지, 제군들."

마술사들은 누가 먼저랄 것 없이 잔을 들고 건배를 했다.

표면적이기는 해도 이곳에 있는 마술사들이 자간을 〈마왕〉으로 인정한 순간이었다.

◇

자간이 잔에 든 와인을 다 비우자 다시 시끄러운 곡이 갑판 위에 흐르기 시작했다.

보란 듯이 부린 허세 덕분에 샤스틸을 향한 적의도 사라진 것 같다.

그 모습을 확인한 자간은 질렸다는 듯 한숨을 쉬었다.

——어릿광대 같은 짓은 딱 질색이다.

성에서 마도서를 뒤적이거나 네피나 포레와 편히 쉬는 게 몇 백 배는 더 유익한 시간이다.

그래도 작은 의미라도 찾아내기 위해 갑판에 있는 마술사들을 둘러봤다.

다른 마술사들도 사용하고 있겠지만, 약한 빛을 안구 속에서 증폭시켜 대낮처럼 시야를 확보하는 마술이다.

——안면이 있는 녀석이 몇 명 있군.

자간은 마술사의 정보에 대해서는 어둡지만 과거의 마왕 후보의 얼굴과 이름 정도는 알고 있다. ……전에 발바로스가 가르쳐준 것뿐이지만.

이 연회장에는 〈흑인(黑刃)〉 키메리에스인가. 또 한 명, 〈요부〉 고메리로 보이는 마술사도 있는 것 같은데 예전과는……, 뭐라고 할까, 외모라고 해야 하나, 나이가 달라 보인다.

——물론 마술사의 외모만큼 믿을 수 없는 것도 없지만.

전에 봤을 때도 어두컴컴한 경매장 안이었다. 얼굴을 제대로 확인한 것도 아니니 위화감이 느껴질 만도 했다.

그렇게 갑판을 둘러보고 있자 포레가 갑자기 얼굴을 슥 내민다.

"자간, 자간."

포레는 뭔가를 호소하는 것처럼 그 자리에서 빙글 돌아 보였다.

——그러고 보니 드레스에 대해 칭찬 한마디 해주지 않았군.

칭찬하기 전에 샤스틸이 실언을 한 탓이지만 이는 아버지로서 불찰이다.

자간은 과장되게 고개를 끄덕였다.

"잘 어울려. 마음에 드나?"

"응. 이 옷, 귀여워."

——네가 입어서 귀여운 거지…….

어린 딸은 네피가 귀여운 것과는 다른 의미로 귀여웠다. 자간은 자연스럽게 포레의 머리를 쓰다듬었다.

용 소녀는 기분 좋은 듯 눈을 가늘게 뜨더니 이번에는 네피의 드레스 자락을 잡아당겼다.

"네피의 드레스는 어때?"

"음. 당연히 예쁘지!"

"……자간 님, 쑥스러워요."

네피가 귀 끝을 발그레하게 물들인 채 몸을 살짝 비틀었다. 수줍어하는 모습은 더 매력적이라서 자기도 모르게 넋을 잃고 바라봤다.

자간은 헛기침을 하더니 그런 소녀의 모습을 다시 바라본다.

"어, 그 드레스, 입은 느낌은 어때?"

"네. 움직이기도 편해서 정말 좋아요. ……저, 자간 님과 처음 만났을 때 입고 있던 것보다, 훨씬 더."

"그, 그래……."

――그런 말을 들으면 기뻐할 수밖에 없잖아!

처음 만났을 때 입고 있던 순백의 드레스도 예쁘긴 했지만 네피에게는 조금 더 화려한 옷도 입혀주고 싶다.

화려하다는 게 구체적으로 어떤 것인지 설명하지 못해서 매번 마뉴엘라의 도움을 받아야 하는 게 두통의 씨앗이긴 하지만…….

하지만 그 발랄한 점원은 늘 자간의 기대에 부응하는 의상을 마련해주었다.

이번 드레스도 한숨이 흘러나올 만큼 완벽했다.

――이럴 때는 단둘이 있고 싶은데.

마술사의 야회에 와서 그런 걸 바라는 게 무리라는 건 알고 있지만 그런 장소이기에 더 사랑스러운 소녀와 단둘이 있고 싶었다.

자간의 시선이 샤스틸을 향한다.

"일단 여기서 내 반감을 사려고 하는 바보는 없을 거다. 어지간히 멍청한 짓을 저지르지 않는 이상 안전할 거야. 그러니까 마음 편하게 있어."

자간이 눈치껏 있으라는 의미를 담아 말하자 샤스틸은 앞머리를 쓸어 올리며 그를 쏘아보았다.

"반대로 묻지. 이 상황에서 내가 멍청한 짓을 저지르지 않을 것 같아?"

의연……하기는커녕 눈물을 그렁거리며 말하는 샤스틸의 모습에 자간은 한숨을 흘리지 않을 수 없었다.

——자각하고 있으면서 고칠 생각은 없는 건가?

자각 없이 저지르는 것보다는 그나마 낫지만…….

이러지도 저러지도 못하고 있자 네피가 샤스틸의 손을 잡아주었다.

"마음이 진정될 때까지 여기서 이야기라도 나눌까요?"

단둘이 있고 싶었지만 네피가 그렇게 말한다면 어쩔 수 없다.

어차피 이대로 샤스틸을 내쫓아봤자 결국 마음 편히 있지도 못할 테니까.

샤스틸은 몹시 감동한 것처럼 네피의 손을 꼭 마주 잡았다.

"으으, 고마워. 네피는 언제나 다정하구나."

"……꼬랑댕이 머리, 늘 사고만 치고 부끄럽지도 않아?"

"부끄럽기는 하지만 바꾸고 싶다고 바꿀 수 있는 게 아니잖아?"

포레에게 경멸어린 시선을 받자 결국 샤스틸은 울음을 터뜨리고 말았다.

그 모습이 딱했는지 네피가 포레에게 말했다.

"포레, 그렇게 심한 말을 하면 못써요. 샤스틸 씨도 지금은 이래저래 여유가 없어서 그런 거라고요."

"꼬랑댕이 머리에게 여유가 있을 때는 있고?"

"그건 잘 모르지만 지금은 평소보다 더 힘든 것 같으니까요."

"……네피, 마음은 고맙지만 아예 관 뚜껑에 못질을 하는 것 같아서 더 괴로워."

——포레 나름대로 '정신 차리고 있지 않으면 무슨 짓을 당할지 모른다'라고 충고해주는 것이겠지.

기본적으로 네피와 포레는 말과 감정 표현을 하는 데 서투르다. 이 정도 유탄은 아무것도 아니다.

일단 샤스틸에게도 그 의미가 전해진 것 같기는 하다.

눈물을 닦더니 자리에서 일어났다.

"어린 꼬맹이에게까지 걱정을 받다니 한심해서 안 되겠어. 이젠 괜찮아."

코끝은 아직 빨갰지만 샤스틸이 웃어 보이자 포레도 아무 일도 아니라는 듯 고개를 옆으로 흔들었다.

"연장자로서 당연한 은혜를 베푼 것뿐. 신경 쓰지 마."

"은혜라니……. 아, 그러고 보니 넌 몇 살이지? 열 살 정도로밖에 안 보이는데."

용은 유구한 세월을 살아간다고 하는 전설의 종족이다. 그 성장은 수명에 비례해서 느리기 때문에 용치고는 아직 어린 포레도 그에 상응하는 시간을 살아온 셈이 된다.

——그래도 인간으로 환산하면 10살 전후 정도겠지.

자간은 그런 식으로 납득했다.

포레는 샤스틸을 찌릿 노려봤다.

"숙녀에게 나이를 묻는 건 실례라는 것도 몰라? 이 꼬랑댕이 머리."

"틀린 말은 아니지만 먼저 말한 건 너잖아?"

회복했나 싶으면 금방 다시 좌절하는 게 이 소녀다.

금세 눈물이 차오르기 시작한 샤스틸에게 자간이 물었다.

"그러고 보니 측근 세 명은 어떻게 했지?"

샤스틸에게는 늘 창천의 세 바보……, 아니, 세 기사가 따라다닌다. 머리는 나쁜 것 같지만 성기사로서는 제법 힘과 지위를 가지고 있는 놈들이다.

샤스틸은 어색하게 고개를 끄덕였다.

"스프라기다 항구에 두고 왔어."

"하긴 그 놈들이 마술사와 문제를 일으키지 않을 리 없으니까."

"아니, 그게 아니라……."

샤스틸은 두 손의 검지를 꼼지락거리더니 새빨개진 얼굴로 고개를 숙였다.

"그들과 함께 있으면 당신과 제대로 대화를 나누지 못하잖아."

자간은 눈썹을 찌푸렸다.

――이 자식, 무슨 의도로 이런 말을 하는 거지……?

세 바보가 있으면 이야기를 제대로 못하는 건 사실이지만 자간도 네피, 포레와 함께 지내면서 조금은 인간의 미묘한 감정에 대해 알게 되었다.

아무리 생각해도 사무적인 뜻이나 단순한 우정으로 하는 말과는 다른 것 같았다.

자간 역시 그녀에게 아무 감정도 없는 건 아니지만 굳이 따지자면 포레에 대한 보호욕구와 비슷했다.

뭐라고 할까, 이 소녀는 너무 칠칠맞지 못해서 누가 도와주지 않으면 눈앞에서 금방 죽어버릴 것 같은 위기감 같은 것이 있다.

샤스틸은 교회에서도 인망이 두텁다고 들었는데, 그것도 지금의 자간처럼 그냥 두지 못하겠다는 감정에서 기인한 것이 아닐까 싶었다.

어쨌든 그건 연애 감정과는 다르다.

——뭐, 아무래도 상관없나.

자신과 네피에게 방해만 되지 않는다면 무슨 생각을 하든 상관없다. 샤스틸도 그 정도 분별도 없을 만큼 멍청한 사람은 아닐 것이다.

……게다가 어쩌면 이것도 본인 나름대로는 숨긴다고 숨긴 것인지도 모른다.

애당초 네피 말고 다른 여자가 자신에게 호감을 보이더라도 무슨 말을 해주면 좋을지 모르니 그냥 놔두는 게 최선이리라.

자간은 아무것도 눈치채지 못한 척하며 이야기를 이어갔다.

"그나저나 공생파를 통솔하는 일은 잘 되고 있나?"

그런 화제를 꺼내자 샤스틸은 의외라는 듯 눈을 동그랗게 떴다.

"의외네. 당신이 그런 일을 걱정하고 있을 줄은 몰랐어."

"그런가?"

"뭐라고 해야 되나, 교회에 대한 일도 전혀 신경 쓰지 않잖아?"

아아, 라며 자간은 고개를 끄덕였다.

"독약을 마시고 굴러들어온 놈을 보면 조금은 동정도 해."

"──읏, 거, 걱정, 했었, 구나……."

그렇게 대답하자 샤스틸의 얼굴이 귀까지 빨갛게 물들었다.

──어라? 내가 잘못 대응한 건가?

마음도 없으면서 괜히 착각하게 만들면 불쌍해진다. 안 그래도, 뭐라고 할까, 늘 가여운 소녀인데.

자간이 내심 초조해하고 있자 샤스틸은 헛기침을 한 번 하고는 등을 곧게 폈다.

"걱정해주는 건 고맙지만 별다른 문제는 없었어. ……라고 해봤자 그들은 딱히 내가 뭔가를 해주길 바라는 게 아니라서. 그 뒤로 한 달 정도 지났지만 특별한 움직임은 보이지 않아."

"그런 건가?"

의외의 대답에 자간이 눈을 동그랗게 뜨자 라파엘이 대신 입을 열었다.

"당연하지. 공생파는 마술사와 불필요하게 싸우는 것을 피하는 데 목적이 있다. 네게 바라는 것은 마술사와의 공생 관계를 보여주는 것이니 지금 네 모습 그대로가 딱 이상적이야."

요컨대 자간과 적당히 사이좋게 지내기만 하면 충분하다는 뜻인 것 같다.

──처음 들었을 때는 굉장히 큰일인 줄 알았는데…….

하지만 그 이야기를 한 사람은 바로 라파엘이다.

서투름의 화신이 오해와 편견을 두른 채 걸어 다니는 것이나 마찬가지인 남자다.

발바로스가 있었다면 '네가 그런 말을 할 자격이 있냐?'라고 불쾌한 말을 했겠지만, 공생파의 일이란 게 생각만큼 거창한 게 아니었을지도 모른다.

샤스틸은 납득이 가지는 않는지 언짢은 표정을 지었다.

"그렇지만 마족이 언제 다시 살아 돌아올지 모르잖아? 그렇다면 마술사와 협력 관계를 쌓는 게 급선무가 아닐까?"

"그건 나의 왕의 힘이 강대해지면 해결될 일이다."

비록 성기사장의 자리에서 물러났지만 라파엘은 그저 은거하고만 있는 것은 아니다.

──그래서 일부러 내 집사가 된 거겠지.

자간의 권력이 커지는 것을 돕는 게 현룡 오로바스의 유지를 받드는 일로 이어지기 때문에 자간을 따르고 있는 것이다.

그건 이미 알고 있는 일이었다. 자간은 흥 하고 코웃음을 쳤다.

"꽤나 자기 좋을 대로 지껄이고 있는 것 같은데 나를 방해하는 자는 성기사장이든 마술사든 봐주지 않을 거다."

죽이는 건 내키지 않을 만큼 우정을 느끼고 있지만 자간의 우선순위에서 샤스틸의 존재는 절대적이지 않다.

샤스틸이 교회의 종인 성기사인 이상, 교회의 명령 여하에 따라 적이 될 수도 있다.

그 문제에 있어서 선을 확실히 긋지 않는 건 네피를 비롯한 자기 사람들을 위험에 노출시키는 것과 직결된다. 필요하다면 버려야 할 것은 버릴 것이다.

——물론 적이 되면 네피가 슬퍼할 테니 가능한 한 선처해줄 생각이지만.

자간이 확실하게 말하자 라파엘은 웃었다.

"그래야 내 왕이지. 그러지 않으면 다른 마술사들도 따르지 않아."

이 만만찮은 집사는 자간의 성격을 충분히 파악한 후 그를 따르고 있는 것이다. 말과 행동은 서투르기 그지없지만 저 멀리까지 내다보고 행동하는 남자다.

자간은 어깨를 으쓱이며 대꾸했다.

"네가 무슨 생각을 하든 나를 방해하지만 않으면 상관없어."

"내 검은 이미 그대에게 바쳤다. 이래 봬도 기사의 맹세를 가볍게 생각할 만큼 썩은 놈은 아니네."

확실히 자간에 대한 충성에 거짓은 없을 것이다.

——그러지 않았다면 포레가 따를 리도 없으니까.

심각한 이야기라 지루해졌는지 포레는 라파엘의 몸을 기어 올라가 멋대로 목말을 타고 앉아서 배를 젓는 시늉을 하고 있었다.

……어린아이가 슬슬 졸릴 시간이기는 하다.

어쨌든 한때는 라파엘을 원수로 생각하고 증오했던 포레다. 그런데 지금은 그 역시 가족처럼 대하고 있으니 믿어도 괜찮으리라.

샤스틸이 가슴을 두드리며 고개를 끄덕인다.

"자간, 당신에게는 당신의 할 일이 있잖아? 난 그 일에서 당신의 발목을 잡을 만큼 약하지 않아. ……아니, 그렇다고 강한 건 아닐지도 모르지만, 어쨌든 그래."

입 안에서 무슨 말인가 웅얼거렸지만 샤스틸은 의연한 태도로 이렇게 말했다.

"아마 난 당신이 의지할 수 있는 사람이 되고 싶은 걸 거야."

너무 솔직한 말에 자간도 어안이 벙벙해졌다.

네피도 깜짝 놀라 눈을 동그랗게 떴다.

"난 이미 당신에게 많은 도움을 받았어. 이젠 그 은혜를 갚고 싶어. 그러니까 공생이나 협력이라는 것도 그런 관계를 말하는 것 아닐까?"

"의지……라."

자간은 그 말을 반추하며 얼굴을 찡그렸다.

"타인에게 의지한다는 개념을 잘 모르겠군. 오랫동안 그런 경험을 해본 적이 없거든."

"그래?"

"……무슨 말이 하고 싶은 거지?"

자간이 수상해하는 표정을 짓자 샤스틸은 네피를 바라봤다.

"당신들은 이미 서로 신뢰하고 있잖아? 아직 깨닫지 못한 것뿐이지 당신 역시 네피를 의지하고 있어."

그 말을 듣고 나니 왠지 반론할 수가 없었다.

"……그럴지도 모르지."

그날, 〈마왕〉과 처음 대면했을 때, 자간은 그들에게 공포를 느끼고 네피를 멀리 했다.

네피에게 상처를 주고 혼자 내버려뒀다.

――그런데도 네피는 돌아와주었지.

마음이 구원을 받았다는 말의 뜻을 그때 처음으로 알게 된 것 같은 느낌을 받았다.

누군가가 자신의 힘이 되어주고 있다는 실감도 들었다.

분명 그게 의지한다는 뜻이리라.

네피뿐만이 아니다. 성검과 〈마왕의 각인〉을 연구할 때, 자간은 포레와 라파엘에게 기대하고 있다고 확실히 말했었다.

이런데도 의지하지 않았다고 하는 건 무리가 있다.

물론 자간이 그런 식으로 샤스틸을 의지하게 되는 날이 올까 하면 고개를 갸웃거리게 되지만.

그래서 자간은 코웃음을 흘렸다.

"그렇게 건방진 말은 자기 앞가림부터 확실히 하게 되고 나서 하는 거다."

"……당신, 도대체 나를 뭐라고 생각하는 거야?"

샤스틸은 한숨을 쉬었다.

그래도 이번에는 눈물을 글썽이지 않았다.

자간은 그런 샤스틸을 곁눈질한 뒤에 테이블 너머로 시선을 주었다.

"――그나저나 아까부터 거기 몰래 숨어 있는 녀석. 무슨 용건이라도 있나?"

뱃머리로 오르는 계단 뒤에서 줄곧 이쪽을 보고 있는 마술사가 있었다.

◇

"히익?"

자간이 말을 걸자 마술사는 비명을 지르며 화들짝 놀랐다.

가만히 보니 아직 12, 3살 정도밖에 안 된 소년이었다. ……아니, 소녀인가? 몸집은 소녀처럼 가냘프고 울대뼈도 나오지 않은 것처럼 보이지만 바지를 입고 넥타이까지 한 모습이 영락없이 소년이다. 이 나이 때는 단순히 발육이 느려서 그런 경우도 있다.

――아까 우리를 부르러 왔던 녀석인가.

그때는 네피 일이 마음에 걸려서 특별히 주의를 기울이지 않았는데 비프론스의 부하인가?

소년인지 소녀인지 알 수 없는 마술사는 허둥지둥 일어나더니 두 손을 비비며 어색한 미소를 지었다.

"아, 안녕하세요. 전 네로라고 합니다. 아, 새로운 〈마왕〉님께 인사를 드리고 싶어서 이렇게 달려온 거랍니다."

자간은 네로의 머리부터 발끝까지 힐끔 쳐다본다.

금색 머리에 녹색 눈동자. 얼굴은 제법 깔끔하게 생겼지만 묘하게 앳된 소년처럼도, 소녀처럼도 보인다. 그런데 뭐라고 할까, 마력이 전혀 느껴지지 않았다.

——이 녀석, 정체가 뭐지……?

네로에게서 느껴지는 마력은 마술과는 인연이 없는 일반인의 것이었다.

신출내기 마술사도 아닌 마술사 지망생 정도라고 할까. 〈마왕〉의 야회에 초대받을 만한 힘을 가진 사람은 아니다.

누가 봐도 이곳과는 어울리지 않는 일반인이었다.

그래서 더 자간은 경계심을 강화했다.

"기묘하군. 왜 네놈 같은 자가 이 배에 있지?"

"——윽, 그, 그건 저……."

네로는 그 자리에 손을 짚고 엎드린 뒤 이마를 갑판에 댔다.

"죄송합니다! 용서해주세요. 저는 보다시피 신출내기 마술사인데 마술의 재능이 없습니다. 1년 동안 노력해도 아무 마술도 사용할 수가 없어서, 그래서 〈마왕〉님의 제자가 될 수 없을까 싶어 이렇게 온 겁니다!"

야회는 마술사들의 거래가 이루어지는 곳이다. 이렇게 당당하게 자신의 존재를 드러내면 접촉해 오는 마술사가 나타나는 것은 필연이었다.

샤스틸이 눈썹을 찌푸린다.

"즉, 밀항했다는 건가? 내가 이런 말을 할 자격이 있는지 모르겠지만 목숨 아까운 줄을 모르는 녀석이군……."

"무, 무모하다는 건 알고 있습니다. 하지만 이젠 이것 말고는 다른 방법이 없어요!"

가늘게 뜬 자간의 눈이 날카롭게 빛났다.

——옳거니, **그렇게 된 건가**.

납득한 자간이 고개를 끄덕였다.

"유감스럽게도 난 제자를 둘 만큼 한가하지 않다."

네피에게 마술을 가르친 건 자신의 몸을 지킬 수 있는 방법을 가졌으면 해서다. 포레도 성에 있는 책을 직접 찾아가며 공부하고 있었다.

위압적으로 말하자 네로는 신발 바닥이라도 핥을 것 같은 기세로 매달렸다.

"그, 그래서 이렇게 부탁드리는 겁니다! 짐꾼이든 하인이든 뭐든 하겠습니다! 워, 원하신다면 신발이라도 핥을게요!"

……설마 진짜로 핥겠다는 말을 할 줄이야.

당장이라도 울음을 터뜨릴 것처럼 외치는 네로를 보고 네피가 가여워하며 말했다.

"저, 자간 님. 조금은 이야기를 들어줘도 괜찮지 않을까요?"

"그럴 필요는 없다. 이 녀석은——."

그 목소리는 자간의 말을 가로막듯 뒤에서 들렸다.

"크크크, 마술사는 신용하지 않는 게 좋을 걸세. 마술사는 모두 거짓말쟁이거든."

어느 틈에 자간의 등 뒤, 뱃머리 끝에 마술사 한 명이 나타나 있었다.

──호오. 이렇게 가까이 접근해 올 때까지 눈치를 못 챘다니.

자간도 감탄의 한숨을 흘렸다.

그 모습을 본 네로가 엉덩방아를 찧었다.

"히, 히이익?"

뱃머리에 서 있는 사람은 손에 커다란 낫을 든 노파였다.

넝마 같은 망토를 머리끝까지 뒤집어쓰고 울퉁불퉁한 손가락에는 커다란 보석이 박힌 반지를 몇 개나 끼고 있다. 마치 고목처럼 야윈 팔다리에 허리도 굽어 있는데, 그 손에 쥐어져 있는 것은 자신의 두 배는 됨직한 커다란 낫이었다.

머리에는 산양처럼 돌돌 말린 뿔이 달려 있었다.

──마인족인가. 보기 드문 일이군.

마족의 피를 이어받았다는 이야기도 있는 종족으로 지금은 엘프 다음으로 얼마 남아 있지 않은 희귀종이다. 마족과 관련이 있다는 이야기가 떠돌 만큼 강한 마력을 가진 것으로도 유명하다.

"〈요부(妖婦)〉 고메리라고 했던가?"

──젊었을 때는 〈요부〉라는 이름에 걸맞는 외모를 가지고 있었을지도 모르지만…….

100살은 됨직한 노파──마술사니까 그보다 몇 배는 더 살았겠지만──에게 요부라는 별명이라니, 오히려 동정심이 샘솟을 정도다.

다만 전에 봤을 때는 지금보다 조금 더 젊었던 것 같다.

──그러고 보니 발바로스 녀석도 고메리를 노파라고 하지는 않았지.

포레를 거두게 되고 얼마 지나지 않았을 때, 양녀가 있다는 이야기에 고메리의 이름이 나왔을 뿐이다.

거짓말쟁이라니, 말 한번 잘했다.

이 노파의 모습은 원래 모습이 아닌 게 분명하다. 포레가 인간의 모습을 하고 있는 것과 동일한 계통의 마술을 사용하고 있는 것이리라.

노파는 커다란 낫을 짊어진 채 정중하게 허리를 굽혔다.

"킥, 〈마왕〉이 나를 다 기억해주다니, 너무 기뻐서 몸 둘 바를 모르겠군. 나는 고메리. 새 〈마왕〉에게 인사라도 할까 해서 왔지."

"입에 발린 소리는 필요 없다."

"크흐흐, 소탈하신 분이군."

노파는 가지런하게 난 누런 이를 드러내며 소리 높여 웃었다.

그러면서도 자간 쪽을 쳐다보는 게, 라파엘 위에서 목말을 타고 있는 소녀를 의식하는 것 같았다. 마치 보물이라도 발견한 듯한 눈빛이다.

"……내 딸에게 무슨 용건이라도 있나?"

마술사에게 용이라는 종족은 피 한 방울부터 비늘 하나까지 파격적인 가치가 있는 존재다. 〈마왕〉 앞이라도 욕구를 참지 못하고 손을 댈지도 모른다.

손을 대면 죽이겠다는 맹렬한 의지를 담아 묻자 노파는 어깨까지 흔들며 큭큭 웃었다.

"뭐야, 〈마왕〉이 숨겨둔 아름다운 나비들이 혹여 납치라도 당하면 어쩌나 싶어 노파심에서 온 것뿐인데, 괜한 오지랖이었던 것 같군."

그렇게 중얼거리며 고메리가 노려본 건 네로였다.

——하긴 네피의 동정심을 이용하려던 놈이니까.

바닥에 무릎을 꿇고 엎드린 것도 울먹이는 목소리도 모두 동정을 사기 위한 방편이라는 정도는 자간도 알고 있었다. 그래서 어서 쫓아내고 싶었다.

자간은 덜덜 떠는 네로를 곁눈질하며 귀찮은 듯 중얼거렸다.

"그런 걱정은 저기 있는 놈에게나 해줘."

"헉, 나를 팔아넘기려는 거냐, 자간?"

이야기의 화살을 돌리자 샤스틸은 펄쩍 뛰며 비명을 질렀다. 불길한 느낌이 드는 노파를 보고 이미 위축되어 있었던 모양이다.

하지만 고메리는 내키지 않는 듯 콧등을 찡그렸다.

"성기사는 싫다. 죽든 살든 괴롭힘을 당하든 내 알 바 아니야."

그 말을 듣자 샤스틸도 말문이 막혔다.

포레와 네피를 향한 친애의 감정은 온데간데없이 노골적인 적의만이 그곳에 있었다.

——비프론스가 샤스틸까지 초대하지만 않았다면 이렇게 귀찮은 일도 없었을 텐데.

그 〈마왕〉을 두들겨 패줄 이유가 하나 더 생겼다.

그렇게 난처해하고 있는데 노파의 머리 위로 그림자가 드리우는 게 보였다.

"고메리 씨, 그렇게 심한 말을 하다니, 너무 무례하네요."

소년처럼 앳된 목소리……였지만 목소리의 주인을 **올려다본** 자간은 할 말을 잃고 말았다.

그곳에 서 있는 사람은 용맹한 사자의 갈기를 가진 거한이었던 것이다.

——이 녀석은 〈흑인(黑刃)〉 키메리에스였지.

수인족인지 인간의 얼굴이 아니라 칠흑 같은 체모로 뒤덮인 짐승의 얼굴이었다. 금색 안광은 백수의 왕도 맨발로 도망칠 만큼 날카롭다.

라파엘에 뒤지지 않는 거한으로 로브를 걸치고 있어도 잘 단련된 육체의 소유자라는 사실을 알 수 있었다. 자간과 힘겨루기를 해도 막상막하일 것 같다.

그런 거한이 비틀거리지도 않고 뱃머리의 난간 위에 떡 하니 버티고 서 있었다.

"처음 뵙겠습니다, 〈마왕〉 자간 씨. 저는 키메리에스라고 합니다. 보다시피 사자 수인인 마술사죠."

정중하게 인사말을 건넨 키메리에스는 두꺼운 발톱이 달린 손가락으로 노파의 목덜미를 슥 잡아 올렸다.

"죄송합니다, 자간 씨. 이 사람, 입은 험하지만 사실은 좋은 사람이랍니다. 용이나 엘프처럼 희귀한 종족의 아이가 있어서 위험한 일을 당하지는 않을지 걱정한 것뿐이에요. 용서해주세요."

"이, 이거 놔, 키메리에스! 난 사과할 만한 짓은 아무것도 하지

않았다!"

늠름한 사자는 머리를 조아리며 노파를 옹호한다.

자간은 어처구니가 없다는 말투로 중얼거렸다.

"너희 둘은 아는 사이냐?"

"네. 제가 이런 모습이지만 본래 소심한 인간이라 옛날부터 고메리 씨에게 도움을 많이 받았습니다."

"그런가……."

박력 넘치는 외모도 그렇고, 탄탄한 체구도 그렇고, 마치 소심해진 라파엘을 보는 것 같은 기분이다.

——이 놈과 라파엘을 합쳤다가 나누면 정상적인 녀석……, 아니, 그럴 리 없지.

소심한 주제에 위압적인 말만 하는 흉악하게 생긴 거한이라는, 정체를 알 수 없는 생물이 탄생하게 될 것이다.

노파에게로 힐끔 시선을 주자 커다란 낫을 휘두르며 버둥거리고 있었다.

"난 그냥 동물을 좋아하는 것뿐이다! 누가 좋아서 네놈 같은 걸 도와준단 말이냐!"

"고메리 씨, 이런 곳에서 좋아한다는 말을 하면 아무리 나라도 곤란합니다."

노파와 야수로 이루어진 기묘한 콤비를 바라보고 있자 긴장하고 있던 자신이 바보처럼 느껴졌다.

——이 녀석들이 〈마왕〉이 되었다면 이 세상도 좀 더 평화롭지 않았을까.

자간이 이런저런 획책을 하지 않아도 네피와 포레를 지켜주지 않았을까.

샤스틸도 맥이 빠진 것처럼 입을 열었다.

"뭐라고 해야 하나, 마술사 중에도 괜찮은 놈이 있는 것 같네."

"감사합니다. 그렇지만 성기사가 다른 마술사들을 해치려고 하면 저도 목숨을 걸고 싸울 겁니다."

"히익, 나한테만 왜 그래?"

금색 안광에 살기를 드리운 사자의 말에 샤스틸은 재차 비명을 지르고 말았다.

――하긴 성기사는 마술사의 천적이니까.

하는 수 없이 자간은 어색한 분위기를 수습하듯 설명해주었다.

"고메리, 키메리에스, 너희도 눈치챘다시피 이 녀석은 교회의 성기사인 샤스틸이다. 성기사장 중 한 명……, 그러니까 성검 소유자지."

그렇게 소개해주자 두 사람은 노골적인 적의를 드러냈다.

자간은 담담하게 말을 이었다.

"보기에는 이래도 마술사와 협력하고 싶다고 해."

"……그 말은 상당히 어폐가 있는 것 같은데."

샤스틸이 못마땅하게 말했지만 고메리와 키메리에스는 수상쩍은 사기꾼이라도 보는 듯한 얼굴이었다.

"교회를 버리고 마술사에게 알랑거린다는 뜻인 겐가?"

"제가 보기에도 그 이야기는 믿기 어렵습니다만."

당연히 두 사람에게서는 부정적인 답이 돌아왔지만 자간은 아무래도 상관없다는 듯 술잔을 기울였다.

"아무래도 상관없어. 성검 소유자가 따른다고 해서 곤란할 것도 없고 배신할 것 같으면 목을 베어버리면 그뿐이니까."

"누, 누가 배신을 한다는 거야!"

이미 잔뜩 주눅이 든 샤스틸에게서는 그 어떤 위엄도 느껴지지 않았다.

──그래도 눈앞에 있는 두 사람 정도는 두 동강 낼 힘이 있으니까.

고메리와 키메리에스 모두 마왕 후보에 이름을 올렸던 마술사지만 샤스틸이 마음을 먹고 성검을 휘두르면 세례 갑옷이 없더라도 꼼짝도 못할 것이다.

키메리에스는 황금색 두 눈을 가늘고 날카롭게 뜨더니 부드러운 목소리로 말했다.

"성기사도 걱정되기는 하지만, 조심하십시오, 자간 씨. 당신은 다정하신 분이라서 그 다정함을 이용하려는 사람도 있을 겁니다."

그렇게 말하는 키메리에스가 노려보는 쪽은 이번에도 네로였다. 네로는 당장이라도 오줌을 지릴 것처럼 새파랗게 질려서 떨고 있었다.

하지만 자간은 눈썹을 찌푸렸다.

"다정함이라. 마술사, 그것도 〈마왕〉과는 인연이 없는 말이라고 생각하는데?"

"타인을 불쌍히 여기는 마음을 사람들은 '다정하다'라고 표현합니다. 자간 씨가 부하들에게 가지는 감정이 그런 것 아닐까요?"

너무 솔직한 말에 자간은 반론조차 하지 못했다.

——이 자식, 솔직한 데도 정도가 있지, 부끄럽지도 않나?

더는 견디기 힘들어진 자간은 뺨을 긁적이며 시선을 돌렸다.

"아~……. 충고 고마워. 가능한 한 조심하도록 하지."

"네. 그럼 저희는 이만 실례하겠습니다."

키메리에스는 고메리의 목덜미를 잡은 채 성큼성큼 걸어갔다.

그 모습은 마치 고독한 노파와 그녀를 간호하는 애견을 방불케 했다.

——저 녀석, 혹시 고메리를 지키러 온 건가?

노파를 향한 그의 감정은 네피와 포레를 향한 자간의 감정과 비슷했다.

키메리에스가 일부러 찾아온 건 〈마왕〉 앞에서 무서운 줄 모르고 떠들어댄 고메리를 걱정해서 한 행동인 것 같았다.

——마술사가 악당인 건 맞지만 모두가 인격 파탄자인 건 아닐지도 몰라.

그런 면을 겉으로 드러내면 약점으로 잡힐 수 있기 때문에 모두 보여주지 않는 것뿐인지도 모른다.

자간도 지금은 그런 생각이 들었다.

◇

키메리에스와 고메리가 사라지는 것을 지켜본 샤스틸이 어깨를 축 늘어뜨렸다.

"……마술사의 야회라고 해서 각오는 하고 왔지만 취급이 너무 심하잖아."

"느닷없이 성기사라고 밝힌 네가 잘못한 거다."

"성기사라는 말을 꺼낸 건 내가 아니야!"

샤스틸이 비난 어린 눈빛으로 라파엘을 노려봤지만 투구로 얼굴을 가린 거한은 뻔뻔하게 어깨를 추어올리기만 할 뿐이었다.

그러고 나서 자간은 네로에게로 시선을 돌렸다.

키메리에스에게 완전히 압도되었는지 다시 계단 뒤에 숨어서 이쪽을 훔쳐보고 있다.

다른 마술사들도 시선은 이쪽을 향하고 있었지만 고메리와 키메리에스 때문에 나설 차례를 놓쳤을 터. 한동안은 아무도 말을 걸어올 것 같지 않았다.

자간은 옆에 있는 의자를 끌어당긴 다음 네피에게 손짓을 했다.

"자, 훼방꾼은 사라졌다. 여기 앉아, 네피."

"……? 전 그냥 서 있어도 괜찮아요."

"그럼 샤스틸, 네가 앉을 테냐?"

"……앉을게요."

네피는 불퉁한 얼굴로 자간의 옆에 앉았다.

때마침 라파엘의 어깨에 앉아 있던 포레가 졸린 눈을 뜨더니 선실 근처에 있는 테이블로 시선을 던졌다.

그곳에는 요리가 죽 놓여 있었다.

"배고파. 자간, 저거 먹어도 돼?"

자간이 고개를 끄덕이자 포레는 주르륵 갑판으로 내려와 그쪽으로 달려갔다.

그러자 라파엘이 앞으로 나왔다.

"그럼 나도 자유행동을 하겠다. 마술사들의 수준을 가늠하기에 더없이 좋은 기회야."

지금부터 닥치는 대로 베겠다는 말이라도 하는 것처럼 서슬 퍼런 목소리였지만, 아마 마술사 조사 같은 것을 하고 싶다는 말일 것이다.

"허락하지. 좋을 대로 해."

"나의 왕의 허락도 떨어졌다. 따라와, 샤스틸."

"아, 그게, 난 조금 더 여기……."

갑작스러운 제안에 샤스틸은 당황해서 외쳤다.

"넌 분위기 파악을 하는 기술부터 배워야 했어. 조금 더 현명했다면 여기서 목숨을 위험에 노출시키는 일도 없었겠지."

아마도 '분위기 파악을 못하면 자간의 불호령이 떨어질 거다'라는 의미를 담아서 한 말이었으리라. 샤스틸이 떨떠름한 표정을 지었다.

"……귀공에게 분위기 운운하는 말을 듣다니."

오해하기 쉬운 말 때문에 500명에 가까운 마술사를 베어 죽인 게 바로 라파엘이다. 샤스틸이 투덜거리고 싶어하는 것도 무리는 아니다.

영 내키지 않는다는 표정을 지었지만 결국은 샤스틸도 그 자리를 떠났다.

테이블 주위에서 자간과 네피를 제외한 사람들이 모두 사라지자마자 주위가 조용해졌다.

보아하니 음악 한 곡이 끝난 것 같았다. 다음 곡이 시작되기 전까지의 몇 초 안 되는 정적이다.

밤의 호수에 파도 소리가 부드럽게 울려 퍼진다. 끈적거리는 바닷바람과 달리 호수에 부는 바람은 살랑살랑 기분 좋았다.

하늘을 올려다보니 구름 사이로 달이 고개를 내밀고 있었다.

아무래도 오늘 밤은 보름달인 모양이다. 창백한 빛이 어두컴컴한 갑판을 비추자 마술이 없어도 주위가 훤히 보였다.

――네피와 처음 만난 날 밤은 초승달이었던가.

가느다란 달을 향해 손을 뻗는 그녀의 모습은 지금도 또렷이 기억에 남아 있다.

자간은 그때를 떠올리며 네피에게 말을 건넸다.

"저기, 네피."

"네?"

"**이쪽**에 앉지 않겠나?"

말하고 나서야 자간은 머리를 쥐어뜯었다.

――왜 여기서 나오는 말이 그거냐.

좀 더 가까이 오지 않겠냐는 말을 하고 싶었는데…….

자간이 자신의 무릎을 두드리자 네피는 곤란한 듯 귀 끝을 붉게 물들였다.

"여기서는, 부끄러워요……."

일단 다가오는 마술사는 없어졌지만 그들을 향해 모인 시선에는 변함이 없었다.

자간은 횡설수설하며 고개를 끄덕였다.

"으, 음. 알고 있다."

나름 시치미를 뗀 얼굴로 그렇게 대답하자 네피의 뺨이 다시 불룩해진다.

"자간 님, 요즘 들어 조금 짓궂어지신 것 같아요."

"그러는 네피는 여러 가지 얼굴을 보여주게 된 것 같군."

이건 진심에서 우러난 말이었다.

생각지도 못한 한마디에 네피는 빨개진 얼굴로 고개를 숙였다.

"……자간 님, 너무하세요."

싫지만은 않은 눈치였지만 묘하게 납득이 되지 않는지 빨개진 귀 끝이 움찔움찔 떨렸다.

——그러고 보니 이럴 때는 네피의 귀가 어떻게 되어 있을까?

얼마 전에 볼 비비기를 했을 때는 꽤 딱딱했지만 긴장이 풀렸을 때는 역시 부드러울 것 같다.

자간이 아무 생각 없이 네피의 귀를 살짝 만졌다.

"아앗?"

네피가 귀여운 비명을 지르며 몸을 떨었다.

손에 닿은 귀는 의외로 부드러웠다. 그러면서도 불에 덴 듯 뜨겁다.

——동요하지 않으면 의외로 부드러운 것 같군.

지난번에는 많이 동요했을 것이다. 그런 긴장이 귀의 딱딱과 관계가 있을지도 모른다.

그렇게 귀를 관찰하고 있자 네피의 시선은 길을 잃고 이리저리 헤맸다.

"저, 저기, 자간 님?"

이렇게 당황한 네피의 목소리를 듣는 것도 오랜만이다. 그녀가 마법에 대한 이야기를 털어놓았을 때 이후인지도 모르겠다.

자간도 정신을 차렸다.

"아……. 미안. 나도 모르게 신경이 쓰여서."

"신경 쓰이다니, 제 귀가……, 말인가요?"

네피는 의아하다는 듯 뾰족한 자신의 귀를 만졌다.

그런 네피를 향해 자간은 힘주어 고개를 끄덕였다.

——어떤 의미에서는 네피의 제일 귀여운 부분이니까!

네피의 마음을 알고 싶을 때, 자간의 시선이 제일 먼저 향하는 곳이 바로 그녀의 귀다. 그런 만큼 풍부한 표정으로 반응해주는 모습을 보고 있으면 사랑스러움이 증가하는 것도 자연스러운 일이었다.

그런 마음이 전해진 걸까. 네피는 살짝 눈을 치떠서 자간을 올려다보았다.

"……마음에 드신다면 마음대로 하세요."

그리고 무방비한 귀를 내밀듯이 얼굴을 가까이 댔다.

——그래도 돼?

자신이 먼저 한 말이긴 하지만 설마 만져도 된다는 말을 들을 줄은 몰랐다.

자간은 마음을 진정시키기 위해 심호흡을 한 다음 결연히 네피와 마주 보고 앉았다.

"그, 그럼 만진다?"

"네."

머뭇머뭇, 아래쪽에서 감싸듯 네피의 두 귀를 만져본다. 열을 띤 붉은색으로 물든 그 귀는 방금 전보다 더 뜨겁게 느껴졌다.

손가락으로 조물조물 그 감촉을 확인했다.

――동맥처럼 고동이 느껴지는 건 아니구나.

새빨개져서 가슴을 누르고 있는 네피의 심장이 빨리 뛰고 있는 건 명백하지만 그 심장 소리가 귀까지 전해지지는 않았다.

호기심이 동해 관찰하고 있자 손 안에서 귀가 움찔움찔 떨렸다.

부드러웠던 귀가 점점 딱딱해진다.

네피 안에서 긴장감이 고조되는 것이 느껴졌다.

"후……, 하아……."

네피의 입에서 신음을 닮은 한숨이 흘러나왔다.

간지러운 걸까?

자기 딴에는 참는다고 손가락을 물고 눈을 꼭 감았지만 그 모습이 한층 요염함을 더했다.

――이건 뭐지? 엄청나게 야한 짓을 하고 있는 기분이 들기 시작했잖아.

그래도 그런 네피의 반응을 더 보고 싶어진 자간은 귀의 아래쪽부터 뾰족하게 선 끝부분까지 손가락을 가만히 미끄러뜨렸다.

"하웃?"

네피가 눈을 커다랗게 뜨며 몸을 뒤로 젖혔다.

그 눈에 눈물이 맺힌 것을 본 자간은 당황해서 손을 뗐다.

"미, 미안. 많이 아팠나?"

자간이 놀라서 어쩔 줄 몰라하자 네피는 고개를 가로저었다.

"아뇨, 괜찮아요. 그게, 다른 사람이 이런 곳을 만진 건 처음이라……."

"그, 그래……."

네피도 처음 느끼는 감각에 당황했던 모양이다.

――가만히 생각해보니 사람도 귀는 민감한 부분이지!

누군가가 만지게 해달라고 했어도 자간이라면 애당초 만지게 두지 않을 것이다.

그렇게 중요한 부분을 네피가 만지게 해줬다고 생각하자 왠지 묘한 기분이 들려고 했다.

두 사람은 상대의 얼굴을 똑바로 보지 못한 채 고개를 돌렸다.

""――!""

그제야 두 사람은 깨달았다.

그런 자간과 네피의 모습을 갑판에 있는 모든 사람들이 다 보고 있었다는 것을.

악단의 세이렌은 노래를 부르는 것도 잊고 입을 벌리고 있었고, 요리를 집으려고 샤스틸이 들고 있던 포크는 허공을 헤매고 있었다. 라파엘은 커다란 몸으로 포레의 시야를 가로막았고 포레는 불만스러워하며 몸을 버둥거렸다. 키메리에스와 고메리 같은 경우는 더는 못 보겠다는 듯 고개를 돌리고 있었다.

자간과 네피는 화들짝 놀라 떨어졌다.

팔랑팔랑, 얼굴에 손부채질을 하고 있자 네피가 속삭이는 듯한 목소리로 이렇게 중얼거렸다.

"……다음엔, 저기, 단둘이 있을 때, 해주세요."

그건 다시 만져도 된다기보다는, 다시 만져줬으면 좋겠다는 말로 들렸다.

"헉?"

자기도 모르게 뒤를 돌아보자 네피는 귀를 가린 채 고개를 숙이고 있었지만, 그 손 사이로 보이는 귀는 여전히 새빨갛게 물들어 있었다.

——싫지는 않았던 건가……?

하지만 이런 반응을 본 자간은 과연 언제까지 이성을 유지할 수 있을까.

귀를 만지는 행위가 그리 싫지만은 않았던 것 같지만, 그렇다고 그 이상의 행위를 받아들여주냐고 하면 그건 다른 이야기다.

——그보다 난 아직 '좋아한다'는 마음도 전하지 않았잖아.

아무리 생각해도 이건 순서가 거꾸로다.

그렇게 고뇌에 빠져 있는데 네로가 손을 비비면서 다가왔다.

"에헤, 에헤헤, 자간 님과 네피 님은 사이가 참 좋으시군요. 아, 잔이 비었네요! 더 따라드릴까요?"

아무래도 아직 포기하지 않은 모양이다.

테이블에서 와인병을 들어 자기 마음대로 잔에 따른다.

자간은 노골적으로 싫은 표정을 지었다.

"필요 없다. 어서 꺼져."

"너, 너무하십니다. 전 그냥 두 분에게 봉사하고 싶어서 그런 거라고요. 그래요, 그냥 허수아비가 있다고 생각하시면 됩니다!"

――……뻔뻔한 놈이군. 한 대 패줘야 되나?

하지만 모처럼 네피와 좋은 분위기를 연출하고 있는데 그렇게 야만적인 짓은 하고 싶지 않았다.

어쩌면 좋을지 고민하고 있자 네피가 머뭇거리면서 뒤를 돌아봤다.

네로를 향해 시선을 한 번 주었지만 쫓아내는 것도 불쌍하다고 생각했는지 마음을 굳힌 것처럼 입을 열었다.

"저, 자간 님. 드릴 이야기가, 있어요."

그 말을 듣자마자 얼마 전에 큐아노에이데스에서 일어난 일에 대한 이야기라는 걸 알 수 있었다.

자간에게도 이야기하지 못한 채 잠자코 있기만 했는데, 이제야 이야기해줄 마음이 든 모양이다.

"음, 이야기해봐."

고개를 끄덕여 보이자 네피도 마음이 놓이는지 한숨을 흘렸다.

그리고 굳은 결의가 어린 표정으로 입을 열었다.

"자간 님, 얼마 전에 있었던 일에 대한 이야기예요. 포레와 큐아노에이데스에 갔을 때 어떤 사람의 습격을 받았습니다."

"……비프론스가 보낸 사람인가?"

"그건 모릅니다. 하지만 마술사와는 조금 다른 존재일지도 모른다는 생각이 들었어요."

"마술사가 아니라고?"

하지만 네피의 말투를 보니 성기사도 아닌 것 같았다.

다음 말을 가만히 기다리고 있을 때였다.

"……? 이게 뭐지, 안개인가?"

발밑에서 하얀 안개가 피어올랐다.

밝게 빛나는 달빛을 반사시키는 아지랑이는 마치 거대한 생물처럼 보이기도 했다. 안개는 눈 깜짝할 사이에 부풀어 올라 한 호흡 후에는 눈앞이 하얗게 물들어버리고 말았다.

네피의 이야기를 끝까지 듣기도 전에 '그것'은 조용히 시작됐다.

강한 현기증과 함께 눈앞이 새하얘지자 네피는 처음엔 자신이 정신을 잃은 줄로만 알았다.

하지만 이내 그게 아니라는 것을 깨달았다.

새하얀 안개 속, 자간이 부르는 목소리가 울려 퍼지고 있었다.

「네피! 어디 있지?」

어디선가 피어오른 안개는 눈 깜짝할 사이에 야회가 열리는 호화 여객선을 뒤덮어버렸다. 눈앞에 있던 테이블도 사라지고 바로 옆에 있는 자간의 얼굴도 볼 수 없었다.

갑판에 있는 마술사들도 동요를 감추지 못한 채 웅성거렸다.

——여기예요, 자간 님!

그렇게 외치려고 했지만 목소리가 나오지 않는다는 사실을 깨달았다.

아니, 목소리만이 아니다.

어떻게 된 영문인지, 손가락 하나 까딱 할 수 없었다.

간신히 자신이 쓰러진 게 아니라 의자에 앉아 있다는 사실을 자각할 수 있었지만, 자간 역시 네피의 모습을 인식하지 못하는 것 같았다.

——마술, 공격……?

하지만 마술에 의한 공격이라면 자간이 당할 리 없다.

자간은 〈마술사 킬러〉인 〈마왕〉——그 어떤 마술도 그의 앞에서는 흡수, 분해되어버리기 때문이다.

그런 그가 없애지 못하는 마술이 있다면 동격인 〈마왕〉의 마술이거나 그렇지 않으면…….

——그때 본, 나와 똑같은 얼굴을 가진 사람?

마법과 비슷한 힘을 다루는 '검은 네피'다.

그렇게 생각하자 공포가 엄습해왔다.

——그 사람의 힘은 자간 님도 막지 못해!

〈마술사 킬러〉라는 별명을 가진 자간에게 있어 유일하게 상대하기 어려운 것이 바로 마술 이외의 힘을 다루는 사람이다.

마법이라면 성검조차 능가하는 자간도 무사하지 못한다.

네피는 위험을 알리기 위해 몸부림쳤지만 몸은 의자에 앉은 채 조금도 움직여주지 않았다.

——내가 조금만 더 빨리 이야기했다면!

마뉴엘라의 충고를 듣고 드디어 마음을 정리했는데, 단둘이 있을 수 있는 때를 기다리다가 기회를 놓치고 말았다.

마음의 정리 같은 배부른 소리를 할 때가 아니었는데.

계속 버둥거리고 있는데 바로 옆에서 누군가가 움직이는 기척이 났다.

"네피 님, 무사하십니까?"

네로였다.

어떻게 된 영문인지 그는 움직일 수 있는 모양이었다. 손을 더듬어 네피가 앉아 있는 의자까지 왔다.

——그게 아니라 혹시 나 혼자만 구속되어 있는 건가?

안개 너머로 희미하게 보이는 것이지만 자간도 자리에서 일어나 있다. 네피만 움직이지 못하고 있는 듯했다.

그렇다면 이건 네피에 대한 공격인 셈이다.

그 순간 안개가 옅어지며 시야가 트였다.

바로 앞에 네로의 얼굴이 있었지만 그 눈은 네피를 보고 있지 않았다.

그리고 믿기지 않는다는 얼굴로 다시금 네피에게로 시선을 돌린다.

"어라……? 네피 님이, 두 명 있어?"

자간의 바로 코앞에 네피와 똑같은 얼굴을 가진 소녀가 쓰러져 있었다.

게다가 그 소녀는 얼굴뿐만 아니라 피부와 눈동자 색까지 같았고, 심지어 드레스까지 똑같은 것을 입고 있었다.

그때 본 '검은 네피'는 분명 갈색 피부에 금색 눈동자를 가지고 있었다.

――그때 본 그 사람……인가?

어떤 상황인지 순간적으로 이해가 되지 않았다.

네로도 혼란스러운 표정으로 네피와 또 한 명의 '네피'를 번갈아 쳐다본다.

"인형……은 아니죠? 어라? 진짜 어떻게 된 일이지?"

간신히 시선을 움직여서 네로에게도 인형이 아니라는 사실은 전해진 것 같다.

하지만 다음 순간, 자간이 취한 행동을 본 네피는 핏기가 가시는 것을 느꼈다.

「괜찮나, 네피……?」

자간은 쓰러진 소녀를 향해 그 이름을 불렀다.

'네피'는 눈을 희미하게 뜨고 달콤한 목소리로 말했다.

「자간 님……? 이, 이게 도대체……?」

「글쎄, 자연현상처럼 보이지는 않지만 마술도 아닌 것 같다.」

그 광경을 보고 아연실색해 있자 네로가 외쳤다.

"자간 님, 이쪽에도 네피 님이……, 어라? 손을 뻗을 수가 없잖아."

네로는 자간을 향해 소리쳤지만 그가 뻗은 손은 무언가에 가로막힌 것처럼 뒤로 밀려났다. 목소리도 자간에게는 들리지 않는 것 같았다.

——그렇다면 자간 님에게는 이쪽이 보이지 않는 걸까?

점점 더 파랗게 질리는 네피.

어쩔 줄 몰라하고 있던 네로가 그 모습을 보고 달려왔다.

"괘, 괜찮으세요, 네피 님? 미력하나마 저 네로가 지켜드리겠습니다!"

소년 같지도, 소녀 같지도 않은 목소리가 그렇게 위로해줬지만 역시 네피는 아무 대답도 할 수 없었다.

'네피'는 비틀거리며 일어나더니 자간의 품에 안겼다.

「자간 님, 너무 무서워요」

그 눈이 네피를 보고 웃는 것을 보자 네피도 확신했다.

——역시, 이 사람은, 그때 그……!

'검은 네피'다.

이건 그녀의 짓일까. 그렇다면 이 무슨 심술일까.

네피도 저렇게 안긴 적은……, 몇 번 안 되는데.

하지만 마냥 끌어안고 있을 때가 아니었다. 자간은 평소와 달리 쌀쌀맞게 그 팔을 떼어냈다.

「떨어져 있어. 어떤 공격을 받은 것 같다.」

자신을 향한 공격에 '네피'가 말려들지 않도록 하려는 의도인 듯했다.

그 배려가 하필이면 저 소녀를 향했다는 사실에 네피는 분노와 슬픔으로 머리가 어떻게 될 것만 같았다.

네로는 당황해서 중얼거렸다.

"자간 님은 저 네피를 진짜라고 생각하는 것 같아. 자간 님이 실수하실 리 없는데. 그러면 여기 있는 네피 님이 가짜인가? 아니면 네피 님은 쌍둥이인가?"

혼자만의 억측을 늘어놓는 네로의 말을 들은 네피는 가슴이 찢어지는 것만 같았다.

——자간 님! 그건 제가 아니에요!

어서 사실을 알아채주길 바랐지만 목소리도 낼 수 없었고 손가락도 하나 까딱할 수 없었다.

그런데도 눈물은 흘러내렸다.

분을 참지 못한 눈물이 뺨을 따라 흘러내렸다.

'검은 네피'는 그런 네피를 보고 희미하게 미소를 지었다.

그리고 다시 자간의 가슴에 몸을 기댔다.

「자간 님, 춥고 무서워요. 어서 위로해주세요.」

그런 다음 눈을 감더니 자간에게 입을 맞추려고 했다.

——그만해! 보고 싶지 않아!

눈을 돌리고 싶었지만 구속된 네피는 눈조차 깜빡일 수 없었다.

혐오와 분노의 감정이 가슴 속에서 소용돌이친다. 하지만 자간의 입술이 저 여자로 인해 더럽혀진다고 생각하자 그보다 더한 공포로 인해 울음을 터뜨리고 싶었다.

입을 맞추려는 '검은 네피'의 모습에 자간은——.

「뭐야, 넌. 초면 주제에 왜 친한 척 구는 거지?」

「억?」

'검은 네피'의 뺨을 꾹 누르며, 어처구니가 없다는 얼굴로 그렇게 말했다.

◇

——이 녀석은 뭐지?

안개 속에 **네피와 많이 닮은** 여자가 있어서 도와줬더니 갑자기 입맞춤을 하려고 들었다. 도통 의미를 알 수 없었다.

뺨을 꾹 누르자 네피를 닮은 소녀는 문어 같은 입술로 숨을 헐떡이더니 마구 버둥거리며 자간의 손에서 벗어나 거리를 두고 떨어졌다.

그 모습이 서서히 드레스에서 마술사의 로브로 바뀌더니 순백의 피부도 칠흑으로 물들기 시작했다. 눈동자도 금색이었지만 얼굴은 네피와 똑같이 생겼다.

얼굴은 원래 자신의 것이 맞는 모양이다.

네피와 많이 닮은 소녀는 믿을 수 없다는 목소리로 말했다.

"어, 어떻게 알았지?"

"……? 무슨 이야기냐?"

계속 몸을 만져대길래 이상한 놈이라는 생각은 했지만 딱히 공격을 하는 것처럼 보이지도 않았다.

갑판으로 나올 때 그렇게 허세를 부려댔으니 네로처럼 아첨이라도 하러 온 녀석인 줄 알았는데 그런 것도 아닌 모양이다.

고개를 갸우뚱거리며 잠시 고민하다가 '아'하고 중얼거렸다.

"……설마 네피 흉내를 내고 있었던 거냐?"

그 사실을 깨닫자 갑자기 분노가 치솟았다.

──비프론스 자식! 나를 바보 취급하는 건가?

무슨 흉계를 꾸미고 있을 거라고 생각은 했지만 이렇게 조잡하고 짜증나는 방법일 줄은 몰랐다.

네피와 비슷하게 생긴 소녀는 아연실색해서 눈을 크게 떴다.

!?
꾸욱
엉?

"말도 안 돼……. 속지 않았다는 건가?"

보아하니 진심으로 자간을 속일 생각이었던 모양이다.

자간은 미간에 핏줄을 잔뜩 세우고 고함을 질렀다.

"이 자식, 지금 장난치는 거냐? 네피 흉내를 낼 생각이라면 조금은 비슷하게 보이려는 노력이라도 하고 와라. 얼굴 말고는 비슷한 구석이 하나도 없어서 반대로 흉내를 내려고 한다는 걸 눈치채지도 못 했잖아!"

"그럴, 수가……. 눈치, 조차……?"

네피를 닮은 소녀는 온몸에 힘이 빠진 것처럼 무릎을 꿇었다.

객관적으로 보면 이 소녀의 분장은 완벽했다. 네피의 딱딱한 표정과 목소리, 의상과 몸짓까지 거의 완벽하게 모방했다. 네피와 어느 정도 사이가 좋은 사람, 예를 들어 라파엘이었다면 문제없이 속일 수 있었으리라.

이렇게 비난 받을 만큼 어설픈 분장은 절대 아니었다.

하지만 네피와 만난 지 두 달 정도 지난 지금, 그녀가 어떻게 생각하는지, 무엇에 기뻐하는지, 슬퍼하는지, 즐거워하는지, 화내는지 자세히 관찰해온 자간 앞에서는 어린애 장난에 지나지 않았다.

자신감을 잃은 가여운 소녀는 굴욕과 수치심에 휩싸여 당분간 재기가 불가능할 것처럼 보였다.

자간은 등 뒤로 시선을 던졌다.

"——아까부터 거기 몰래 숨어 있는 녀석. 이제 그만 모습을 보여라."

자간은 아무것도 없는 공간을 향해 주먹을 휘둘렀다.

손에 닿는 둔탁한 느낌.

안개로 뒤덮인 세계에 균열이 생긴다.

——어쩐지 이 주위에서 마술을 사용하는 녀석이 있더라니.

아주 교묘한 마술이다.

정체불명의 안개에 가려져 있지만 이건 분명 마술이다. 마술이라면 자간이 분해하지 못할 리 없다.

그리고 새하얀 세계가 산산이 부서졌다.

그곳에서 나타난 것은 방금 전까지 자간과 네피가 앉아 있던 테이블이었다. 네피는 의자에 앉은 채 멍하니 있고, 네로는 그 옆에서 엉덩방아를 찧고 있었다.

"……너냐."

주먹을 쥐었다.

그 팔에는 고리 몇 개가 둘러져 있었다. 방금 전 파괴한 마술을 흡수한 힘이다.

일반적인 마술이라면 '흡수'해도 고리 하나 정도로밖에 변환되지 않는다. 발바로스가 전력을 다해 발한 마술도 기껏해야 대여섯 개 정도였다.

즉, 방금 파괴한 마술을 부린 사람은 최소한 발바로스와 동격 이상의 힘을 가지고 있다는 뜻이다.

잔뜩 화가 난 자간이 내려다보자 네로는 창백하게 질려서 덜덜 떨었다.

"히익, 아, 아닙니다! 전 그저 네피 님을 지키려고——."

당장이라도 오줌을 지릴 것처럼 비명을 지르더니 고개를 옆으로 마구 흔드는 네로에게 자간은 가차 없이 주먹을 내리꽂았다.

“끄아아아아아아아아아아아아아?”

네로가 절규했다.

수먹이 갑판을 부숴서 뱃머리 자체를 붕괴시켰다.

그 충격이 얼마나 대단한지 뱃머리에 가한 일격이었음에도 불구하고 선미가 위로 치솟았다. 갑판이 뱃머리를 향해 기울자 굵은 돛대가 활처럼 휘어졌다.

갑판 여기저기서 비명이 울려 퍼진다.

자간은 불쌍한 네로의 마지막 순간에는 눈길조차 주지 않고 의자에서 움직이려고 하지 않는 네피를 다정하게 안아 들었다.

그 순간, 위로 들린 선미가 다시 수면에 내동댕이쳐졌다.

그 충격으로 호수물이 솟아오르면서 배를 뒤덮고 있던 안개도 걷혔다. 위로 솟구친 호수물이 비처럼 쏟아지기 시작했다.

당연히 안개가 걷힌 배의 피해는 눈을 감고 싶어질 만큼 어마어마했다.

요리와 테이블, 악단의 피아노까지 모두 갑판에서 호수로 내동댕이쳐졌다. 가수 세이렌도 호수에 내동댕이쳐진 것처럼 보였지만, 사실은 물속으로 몸을 피해 있었던 것이리라. 역시 〈마왕〉의 야회에 초대된 인사들인 만큼 호수에 빠지는 얼빠진 마술사는 없었다.

그렇지만 당장이라도 침몰할 것처럼 흔들리는 갑판에 서 있는 건 여간 힘든 일이 아니다.

제대로 서 있는 사람은 라파엘이 유일했다.

거구와 갑옷 차림에서는 상상하기 힘든 가벼운 몸놀림으로 갑판에 착지, 그대로 우뚝 섰다. 포레는 용의 날개를 펼쳐서 공중을 날고 있었고, 제일 걱정되었던 샤스틸은 의외로 포레가 안아서 보호하고 있었다.

"……무거워."

"으악!"

포레가 즉시 손을 놓아버리자 샤스틸은 갑판을 향해 거꾸로 떨어졌지만.

자간도 부서진 갑판에 착지했다. 그 순간 품 안에 있는 네피가 몸을 떨었다. 그리고 그제야 의식을 되찾은 듯 숨을 들이마셨다.

"자간, 님……."

"무사한가, 네피? 무슨 일을 당한 건 아니지?"

불과 몇 초에 불과하지만 자간은 네피를 놓쳤다. 게다가 그곳에는 네로도 있었다. 이상한 병균이 옮진 않았는지 진심으로 걱정되었다.

네피는 말이 나오지 않는 것처럼 입술을 떨더니 더 이상 견디기 힘든 듯 자간의 가슴에 얼굴을 폭 파묻었다.

가냘픈 어깨가 겁에 질린 것처럼, 그러면서도 마음이 놓인 듯 떨렸다.

——이 그윽한 느낌, 틀림없이 네피다.

자간은 네피의 머리를 가만히 쓰다듬었다.

"많이 무서웠지? 용서해라."

"아니에요. 자간 님, 알아, 주셔서……."

네피의 귀가 움찔움찔 떨린다.

겁에 질렸다기보다는 감격하고 있는 것처럼 보였다.

——살았다는 생각에 안심해서 그런가?

자간은 네피를 안심시키듯 다시 한 번 꽉 끌어안았다.

그렇게 사랑스러운 소녀를 위로해주고 있는데 귀에 거슬리는 신음 소리가 들려왔다.

"자, 자간 님, 도와주……."

네로였다.

자간의 일격은 네로를 빗나가 갑판에 명중했던 것이다. 직격을 면한 자칭 신출내기 마술사는 부서진 갑판에 대롱대롱 매달려 있었다.

동정을 구하는 목소리에 자간은 진심으로 짜증이 나서 얼굴을 찌푸렸다.

"언제까지 그 말도 안 되는 연기를 계속할 생각이냐——비프론스."

◇

그렇게 말하자 네로는 깜짝 놀라 눈을 동그랗게 떴다.

네피도 무슨 뜻인지 모르겠다는 듯 자간과 네로를 번갈아 쳐다보았다.

"어, 어라……? 무슨 말을……."

시치미를 떼며 당황하는 네로의 모습에 자간은 다시 주먹을 꽉 쥐었다.

“에, 자간 님……? 거짓말, 이죠……?”

믿기지 않는 듯 공포에 질린 표정을 지은 네로를 향해 자간은 가차 없이 주먹을 휘둘렀다.

하지만 이번에는 그 주먹에 아무것도 느껴지지 않았다.

주먹이 닿기 직전, 네로의 몸이 모래처럼 무너져 내린 것이다.

——전이마술의 일종인가.

발바로스처럼 ‘그림자’를 건너는 게 아니라 자신의 몸을 다른 것과 바꿔서 이동하는 마술이다. 마인족 중에는 몸을 안개로 바꿀 수 있는 자도 있다고 하는데 그것과 비슷한 힘이리라.

“——이야, 여전히 인정사정없군, 〈마왕〉 자간.”

목소리가 들리는 쪽을 보니 완전히 사라진 뱃머리 위에 네로의 몸이 떠올라 있었다.

“연기에는 나름 자신이 있었는데. 언제부터 눈치챘지?”

“〈마왕〉의 야회에 마력도 제대로 느껴지지 않는 ‘신출내기 마술사’가 있다는 게 말이 되나?”

그래. 네로와 처음 만난 순간부터 수상쩍게 여겼다. 비프론스라고 확신한 건 한두 마디 정도 대화를 나눈 후부터였지만.

——게다가 고메리는 이 녀석의 정체를 알아채고 있었던 것 같았지.

키메리에스는 어떤지 모르겠지만 고메리가 경계하라고 한 건 분명 네로였을 것이다. 그래서 자간도 그 노파를 쫓아내려고 하지는 않았다.

네로는 이마를 탁 치며 웃었다.

"설정부터 잘못 되었던 건가. 야회에 얼굴을 내미는 일이 거의 없어서 그만 깜빡했지 뭐야. ……눈치채고 있었다면 조금 더 어울려줬으면 좋았잖아. **네프테로스**가 얼마나 상처 받았는지 알아?"

그러면서 네로는 갑판 가장자리로 시선을 주었다.

네피와 비슷하게 생긴 소녀가 그곳에 웅크리고 앉아 있었다.

그 순간 우르르 하고 집이 무너지는 듯한 소리가 울렸다. 자간의 일격이 배에 치명적인 타격을 입힌 것 같았다.

발밑에 있는 갑판이 크게 기울어지자 당장이라도 호수 바닥으로 끌려 들어갈 것 같았다.

"이것 봐, 네가 너무 세게 쳐서 배가 가라앉으려 하고 있잖아. 이래선 차분히 대화도 나누지 못하겠군."

네로는 뭐가 그리 재미있는지 킥킥거리고 웃더니 손가락을 딱 튕겼다.

네로의 발 밑——이라고 해도 아무것도 없는 허공이지만——에 마법진이 펼쳐진다.

그러더니 부서진 뱃머리가 안개처럼 흔들리더니 눈 깜짝할 사이에 복원되었다. 마치 쇳가루가 자석으로 모여드는 모습과 비슷했다.

등 뒤를 슬쩍 바라보자 호수에 떨어졌던 테이블과 피아노까지 모두 복원되고 있었다. 요리도 다시 접시 위에 잘 담겼지만 입에 넣을 생각은 들지 않았다.

부서진 물건을 복원하는 마술이라면 자간도 사용할 수 있지만 네로의 마술은 자간과 상당히 다른 형식을 가지고 있었다.

——아까 그 전이마술도 그렇고, 모두 이 먼지 같은 것을 매개체로 사용하는 마술인가.

날카롭게 관찰하고 있자 라파엘을 비롯한 다른 사람들이 달려왔다.

"적인가, 나의 왕?"

라파엘은 월포레의 갑옷을 입은 채 앞으로 나오려고 했지만 자간은 한 손으로 그를 제지했다.

뒤이어 포레가 밤하늘에서 부드럽게 내려오고 마지막으로 샤스틸이 그 뒤를 따라왔다.

"샤스틸, 네피를 부탁한다."

아직은 혼자 서 있지 못하는 네피를 샤스틸에게 맡기고 자간은 복원된 뱃머리로 향했다.

그러자 네로도 뱃머리 갑판에 내려섰다.

"이제 잠깐이나마 제대로 이야기를 나눌 수 있겠지?"

그렇게 입을 연 다음 호들갑스럽게 두 팔을 벌렸다.

"나는 〈마왕〉 비프론스. 오늘 밤, 내 배에 오신 것을 환영합니다."

과장된 몸짓으로 허리를 숙이며, 네로——아니, 〈마왕〉 비프론스는 그렇게 자신을 소개했다.

지금까지와 똑같은 분위기에 소년인지 소녀인지 알 수 없는 모습 그대로라서 〈마왕〉의 위엄 따윈 조금도 찾아볼 수 없었다.

그런데도 자간은 이 마술사가 꺼림칙하게만 느껴졌다.

——이 녀석에게선 **아무것도 느껴지지 않아**.

위압감도 공포도, 아니, 애당초 존재감 자체가 희박해서 이렇게 눈으로 보고 있어도 정말로 여기에 있는 것인지 의문을 품게 될 정도다.

그런 다음 비프론스는 팔을 벌리더니 갑판 한켠에서 웅크리고 있는 엘프 소녀를 손짓해 불렀다.

"자, 네프테로스도 그런 곳에서 풀 죽어 있지 말고 이리 와서 사람들에게 인사해야지."

네프테로스가 네피를 쏙 빼닮은 이 소녀의 이름인 모양이다.

네프테로스는 굴욕감을 견디기 힘든 듯 입술을 꽉 깨물고 네피를 노려보더니 비프론스의 옆으로 와서 섰다.

——다크 엘프인가. 보기 드물군.

제일 먼저 눈이 향한 곳은 네피처럼 뾰족하게 생긴 귀였다. 엘프다. 허리까지 내려오는 생머리는 은색이고 성격이 강해 보이는 눈동자는 달을 닮은 금색. 무엇보다 네피와 대조적인 것은 피부색이 갈색이라는 점이다.

로브 사이로 엿보이는 가슴팍과 허리, 허벅지가 노출되어 있는, 눈을 어디에 두면 좋을지 고민하게 만드는 옷을 입고 있었다.

노려보기만 할 뿐 입을 열려고 하지 않는 소녀의 모습에 비프론스는 어깨를 으쓱였다.

"하하하, 무뚝뚝한 녀석이라 미안해. 이 아이는 네프테로스. 내 귀여운 인형이지."

네피와 똑같이 생긴 얼굴을 가진 소녀가 인형이라 불려서 조금 불쾌했지만 자간도 동정은 하지 않았다.

——음, 큐아노에이데스에서 네피에게 상처를 입힌 게 바로 이 녀석이군.

이 얼굴을 보면 알 수 있다.

자신과 똑같은 얼굴을 가진 사람이 위해를 가해오면 동요하기 마련이고, 그것이 음습한 방법이라면 더더욱 상처 받는다.

게다가 네프테로스라는 소녀도 네피에게 적잖은 적의를 품고 있는 것 같았다.

아무리 네피를 닮았다 해도 이렇게나 적대 조건을 갖춘 상대에게 자비를 베풀 만큼 자간은 자비롭지 못했다.

무엇보다 〈마왕〉이 비호하는 자에게 손을 대면 어떻게 되는지 여기서 확실히 해둘 필요가 있다.

자간은 고개를 기울여 관절에서 뚝뚝 소리를 내더니 비프론스를 손짓해 불렀다.

"인형이 한 짓은 주인의 책임. 내 제자를 귀여워해준 보답을 해야지. 목을 비틀어서 따줄 테니까 앞으로 나와."

"하하하, 너 역시 네프테로스의 체면을 보란 듯이 구겼으니 그냥 비긴 셈 치는 게 어때?"

"……? 뭐가 비겼다는 거지?"

네피에게 직접 위해를 가한 건 물론 네프테로스지만 그녀 역시 호된 꼴을 당했고 비프론스는 아무 대가도 치르지 않았다.

〈마왕〉인지 뭔지 모르겠지만 이 정도로 용서해줄 만큼 자간은 온화하지도, 냉정하지도 않았다.

네피의 뺨으로 시선을 돌렸다.

――운 흔적이 있잖아.

네피가 우는 건 예사 일이 아니다. 자간도 그녀가 우는 모습은 한 번밖에 보지 못했다.

"넌 네피를 울렸다. 백 번 죽어도 부족해."

자간이 진심이라는 걸 깨달은 걸까. 비프론스가 깜짝 놀란 듯, 그러면서도 기쁨을 감추기 힘든 것처럼 눈을 가느스름하게 떴다.

"오, 저번에 만났을 때도 제법 배짱 있는 아이라는 생각은 했지만 〈마왕〉이 되고 나니 훨씬 더 배짱이 두둑해진 것 같네."

비프론스는 마치 기특한 학생을 칭찬하는 교사처럼 그렇게 말하더니 소매를 걷어 왼팔을 들었다.

왼팔 팔뚝에서는 불길한 문장이 빛나고 있었다.

"그래도 처음 생긴 후배가 적의를 보이니 왠지 섭섭하군. 조금이지만 좋은 공부가 되었어."

그 직후, 작은 〈마왕〉으로부터 숨이 멎을 것 같은 마력이 솟아올랐다.

"아하하하! 즐거운 여흥의 시작이다, 시작이야!"

비프론스가 소리 높여 웃는다.

비무장 상태의 샤스틸이 똑바로 서 있지 못하고 비틀거리다가 무릎을 꿇는다. 라파엘이 그런 샤스틸을 감싸듯 앞으로 나왔지만 그 역시 갑옷 뒤에서 신음을 흘리고 있다는 것을 알 수 있었다. 용인 포레조차 창백하게 질려 엉덩방아를 찧었다.

압도된 사람은 샤스틸과 갑판에 있는 마술사들만이 아니었다.

비프론스 옆에 있는 네프테로스까지 가슴을 부여잡고 고통스러운 표정을 짓고 있었다.

비프론스는 그런 초대객들을 만족스럽게 바라보며 입을 연다.

"자, 오늘 온 손님들 중에는 처음 보는 사람들도 많을 텐데, 이것이 바로 〈마왕의 각인〉――우리 13명의 〈마왕〉이 마술사의 왕이라는 증거다."

그렇게 말하며 다시 문장을 가리킨다.

"이 중에 다음 〈마왕〉이 될 사람도 있을지 몰라. 그러니 잘 봐두는 게 좋을 거야. 〈마왕〉들의 충돌은 백 년에 한 번 있을까 말까 한 큰 이벤트거든."

비록 하는 말은 호전적이었지만 연기처럼 과장된 태도는 진심으로 싸울 생각이 있는지 의심스러웠다.

혹시 '자신이 비프론스라고 착각하고 있는' 마술사일 수도 있지 않을까 하는 생각까지 들 정도다.

〈마왕의 각인〉은 진짜인 것 같지만 몇 백 년이나 마술사로 살아온 괴물이라면 복제품 한두 개 정도 만드는 건 일도 아니고, 이번에 초대한 방식을 보면 어떤 계략을 꾸미고 있다 해도 전혀 이상하지 않았다.

——그나저나 이 녀석의 목적은 뭐지?

마술사는 전투를 무가치하다고 생각한다.

자간과 네피의 지식과 힘을 노리고 있다면 좀 더 영리한 방법을 썼을 것이나.

일부러 힘 있는 마술사들을 불러 모아서 도발하는 건 마술사에게는 아무 의미도 없는 행동이다.

의미는 없지만, 그래도 〈마왕〉은 강하다.

비프론스는 비웃듯이 자간을 바라본다.

"자, 〈마술사 킬러〉가 〈각인〉의 힘까지 먹어치울 수 있는지 어디 한번 시험해볼까?"

자간의 〈마술사 킬러〉의 원리는 상대와 똑같은 마법진——회로를 순간적으로 겹쳐 그려서 마술을 빼앗아 자신의 것으로 바꾸어 버리는 것이다. 처음 보는 회로도 정확하게 모방할 수 있는 재능이 힘의 근간이다.

그렇기 때문에 마법진이 복잡하면 복잡할수록 그것을 '먹어치우는 것'은 어려워진다.

과연 〈마왕의 각인〉으로 인해 더 강해진 마력으로 얼마나 복잡한 회로를 구축할 수 있을 것인가. 같은 〈마왕〉의 칭호를 받은 자를 상대로 마술을 '먹어치우는 것'이 가능할 것인지는 미지수였다.

한없이 불리한 상황에서도 자간의 표정은 아무렇지도 않았다.

물론 네피가 상처 입은 일 때문에 속은 분노로 부글부글 끓고 있었지만 자신을 잊고 덤벼들 만큼 이성을 잃지는 않았다.

자간은 보이지 않는 문이라도 두드리는 것처럼 오른손을 가볍게 흔들었다.

챙, 소리굽쇠라도 친 듯한 소리가 울려 퍼졌다.

그것만으로도 갑판을 지배하고 있던 마력의 소용돌이가 지나가는 비처럼 순식간에 사라졌다.

"에……?"

비프론스의 입에서 얼빠진 소리가 흘러나온다.

——신령언어에 대해 조사했으면서 〈마왕의 각인〉을 연구하지 않았을 리 없잖아.

자간은 어이가 없다는 듯 말한다.

"〈각인〉의 힘은 분명 골치 아프지만 똑같은 것이 내게도 있다. 막아내지 못할 줄 알았나?"

12명의 〈마왕〉과 대면했을 때 자간은 봤다.

——이 〈마왕의 각인〉은 다른 〈마왕〉들의 각인과 공진(共振)하고 있었다.

그야말로 소리굽쇠와 흡사했다.

즉, 〈각인〉들 사이에는 어떤 연결고리가 있다는 뜻이다. 그래서 자간은 그것을 더듬어 올라가 힘을 봉한 것이다.

비프론스가 아연실색해서 중얼거린다.

"말도 안 돼. 도대체, 무슨 짓을 한 거지?"

당황해서 어쩔 줄 몰라 하는 작은 〈마왕〉의 모습에 자간은 재미있다는 듯 '호오' 하는 소리를 흘렸다.

——이제야 속내를 보이게 됐군.

적어도 지금 동요하고 있는 건 연기가 아닌 것 같았다.

자간은 오른손을 높이 들고 이야기했다.

"〈마왕의 각인〉은 공진한다. 그래서 그것을 이용해서 막은 것뿐."

"……큭, 그런 짓을 하면 네 〈각인〉도 무사하지 않을 텐데."

그 지적에 자간은 아무 일도 아니라는 듯 고개를 끄덕였다.

"맞는 말이다. 모를 거라고 생각했나?"

비프론스와 마찬가지로 자간의 오른손에 있는 문장도 빛을 잃고 있었다.

자간은 자신의 〈각인〉을 봉인함으로서 비프론스의 〈각인〉도 봉인한 것이다.

반대로 말하면 이런 식으로 막을 수 있다는 것으로 미루어 적어도 〈마왕의 각인〉이 진짜라는 증거이기도 하다.

——애당초 잘 사용하는 것도 아니고.

제대로 사용한 건 기껏해야 과거에 두 번.

한 번은 발바로스가 불러낸 마족을 쫓아냈을 때.

다른 한 번은 라파엘과 싸웠을 때다. 〈각인〉을 성검과 부딪치게 하면 어떻게 되는지 시험해보고 싶어서 사용해봤는데, 〈각인〉에는 상처 하나 생기지 않았다.

확실히 〈마왕〉이라는 이름에 걸맞은 힘이지만 어차피 빌린 힘이다.

——빌린 건 언제 없어질지 모르는 거니까.

하지만 자간은 이 위험한 〈각인〉이 두려워서 멀리했던 것이 아니다.

빌린 힘이기 때문에 크게 의지하지 않았던 것뿐이다. 파괴하는 방법을 찾는 것 말고도 할 수 있는 일은 하고 있다.

무엇보다 자간은 자신 이외의 〈마왕〉을 죽이기 위해 〈마왕의 각인〉을 조사하고 있었다.

자간이 자신의 의지대로 오만하게 사는 한, 언젠가는 충돌하게 될 것이기 때문이다.

그게 내일일지 아니면 몇 백 년 후가 될지는 모르는 일이지만, 그중 하나가 우연히 오늘이었을 뿐이다.

"스스로 힘을 버렸다는 뜻인가……."

답도 없을 만큼 어리석은 사람이라도 본 것처럼 비프론스는 눈을 커다랗게 떴다.

그리고 몇 백 년을 살아왔든 〈각인〉의 힘을 잃은 비프론스는 자간에게는 '평범한 마술사'에 지나지 않는다.

비프론스가 감탄에 겨운 얼굴로 중얼거렸다.

"음, 이런 방법이 있을 줄은 생각도 못했어. 대단해."

뻔뻔한 미소를 짓는 마술사의 발치에 마력이 흐른다.

"그건 인정하지만 경험의 차이는 어떻게 메울 셈이지?"

그렇게 중얼거렸을 때는 이미 〈마왕〉의 마술이 완성되어 있었다. 깜짝 놀란 표정을 지으면서 몰래 회로를 구축하고 있었던 모양이다.

이제 와서는 막는 것도 '먹어치우는 것'도 너무 늦었다.

분명 그럴 터였다.

"제법 고도의 마술이군. 고작 한 마디로 이 정도 회로를 구축한 녀석은 처음 본다. 역시 〈마왕〉이라 다른 건가?"

탁 하고 발뒤꿈치를 울리자 비프론스가 구축하려던 회로가 흩어졌다.

그리고 그 힘은 자간에게 먹혀서 팔에 휘감겼다.

아까 안개 속에 섞여 있던 것의 배는 됨직한 마법진이 자간의 팔에 감겨 있었다.

비프론스가 경악으로 눈을 커다랗게 떴다.

"그 많은 회로를 한 번에 '먹어치운' 건가……? 네가 모르는 회로만 구축했는데."

"그래, 제법 공부가 될 것 같아."

자간은 아무것도 아니라는 듯 고개를 끄덕였다.

그저 '먹어치우는 것'뿐이라면 배우지 않은 회로라도 문제는 없다. 그렇지 않았다면 처음으로 마술사를 죽였을 때에도 자간은 마술 따위는 사용하지도 못했을 것이다.

비프론스는 재미있다는 듯 몸을 비틀었다.

"옳거니, 그렇게 된 거군. 무시무시한 재능이야. 우리의 선택이 틀리지 않았다는 건가. 넌 무서울 정도로 빠르게 성장하고 있어."

궁지에 몰린 비프론스는 기쁨이 어린 미소를 지었다.

역시 이 정도로 손을 쓸 방법이 없어질 만큼 수준이 낮은 마술사는 아닌 모양이다.

자간은 그날 〈마왕〉에게서 느꼈던 끝을 알 수 없는 공포를 떠올렸다.

——그런데 과연 이런 곳에서 비장의 카드를 꺼내 들까?

숨겨둔 패는 알 수 없기 때문에 무서운 것이다.

그것을 한 장 밝힐 때마다 심연의 〈마왕〉도 차츰 그저 강하기만 한 마술사로 전락하게 된다.

비프론스는 이것을 '여흥'이라고 했다. 진지하게 싸울 생각이 있는지조차 의심스러운 마당에 비장의 카드를 빼 들리 만무했다.

그리고 그 의문은 틀리지 않았다.

자간이 경계를 늦추지 않으며 다가가자 비프론스는 그때까지 풍기던 불길함이 사라지고 두 손을 들어서 항복하는 제스처를 취했다.

"후후후, 오케이. 네 힘은 대충 알았어. 이 정도에서 끝내도록 하지."

"그럴 필요는 못 느끼겠는데."

"뭐……?"

비프론스는 자기 혼자 납득한 듯했지만 자간의 화는 조금도 가라앉지 않았다.

주먹에 실린 마력을 방출하는 자간의 모습에 그제야 비프론스는 당황한 표정을 지었다.

그 옆에 있는 네프테로스도 파랗게 질려서 뒷걸음질 쳤다.

"자, 잠깐! 아니야. 이건 그냥 여흥이라고. 네 엘프에게도 결국 아무 해도 입히지 않았잖아?"

"충분히 입혔다. 사죄는 필요 없지만 대가는 치러줘야겠어."

아무래도 지금은 마술이나 그와 유사한 힘에 의한 방어가 없는 것 같았다.

자간은 다시 주먹을 치켜들었다.

"네놈도 〈마왕〉이다. 주먹에 맞은 정도로 죽지는 않을 것 아닌가?"

그렇게 쉬운 상대였다면 자간은 벌써 12명의 〈마왕〉의 목을 베러 갔을 것이다.

비프론스는 목이 떨어져라 도리질했다.

"네 주먹에 맞으면 어떤 마술사든 죽을 거라고!"

물론 자간 앞에서는 회복 마술도 사용하지 못한다.

〈마왕의 각인〉과 마술도 막았으니 〈마왕〉이라도 죽을지도 모른다. 몇 백 년이나 마술사로 살아왔으니 단순히 죽었으니 끝날 리는 없겠지만.

──뭐, 내 알 바는 아니다.

가차없이 주먹을 휘두르려 할 때였다.

"──신령언어──네 엘프와 성검의 관계를 알고 싶은 것 아니었어?"

자간의 주먹은 비프론스의 코에 닿기 직전에 딱 멈췄다.

이마에 식은땀을 흘리면서 비프론스는 두 손의 검지를 세우고 말했다.

"생각해보면 알 수 있잖아? 왜 네 엘프에게 일부러 네프테로스의 '힘'을 보여줄 필요가 있었는지."

"……네피에게 신령언어를 의식시키기 위해서였다는 거냐?"

"맞아. 우리 〈마왕〉도 다루지 못하는 힘을 그녀들은 아무렇지도 않게 다룰 수 있지. 이것을 탐구하고 싶어지는 건 마술사의 본능 아닐까?"

비프론스는 검지를 까딱거리며 말했다.

"우리 둘 다 엘프를 곁에 두고 있는 〈마왕〉이야. 너희들의 힘이 어느 정도 되는지 시험해보고 싶다는 생각이 드는 것도 어쩔 수 없잖아?"

"어디서 시치미를 떼는 거냐! 내가 네피를 샀을 때부터 감시하고 있었잖아!"

눈치를 챈 건 초대장을 받았을 때부터였지만, 그 내용을 보면 싫어도 알 수밖에 없었다.

시험이고 자시고 이 마술사는 줄곧 두 사람을 지켜보고 있었던 것이다.

——그래서 더 여기서 결말을 내고 싶은데.

자간과 그 주위 사람들에게 손을 대봤자 좋을 게 없다는 사실을 깨닫지 못한 이상, 녀석과 같은 악당은 물러나지 않는다.

이번에는 용케 잘 빠져나간다 해도 금방 다시 수작을 걸어올 게 뻔했다.

그런 자간을 어떻게 생각했는지 비프론스는 시치미를 떼고 진지한 표정을 지었다.

"이런, 그때부터 이미 눈치채고 있었던 건가. 아무래도 네가 널 조금 얕봤던 것 같군. ……그래서 말인데, 이 손, 이제 좀 내려주면 안 될까?"

매달리듯 말하는 〈마왕〉을 험악하게 쳐다보던 자간은 한숨을 쉬었다.

──여기서 때려봤자 이놈은 아무렇지도 않겠지.

아무리 살기와 노기를 드러내도 별다른 반응이 없었다. 결국 이 마술사에게는 전혀 통하지 않았던 것이다.

보복을 하려면 이 방법으로는 안 된다. 다른 방법을 생각해볼 필요가 있을 것 같다.

자간은 주먹을 내렸다.

이것이 두 〈마왕〉의 만남이었다.

◇

자간의 적의가 사라지자 샤스틸은 안도의 한숨을 내쉬고 네피도 자리에서 일어났다.

쥐 죽은 듯이 조용한 갑판으로 시선을 준 비프론스가 손가락을 딱 하고 튕긴다.

"자, 자, 분위기가 왜 이래! 연주가 멋었잖아. 음울하고 밝은 곡으로 부탁해."

너무나 모순된 요구에 악단의 세이렌의 얼굴이 굳었다.

그래도 그녀는 프로였다. 음울한 선율인데도 노래는 발랄한 곡을 부르기 시작했다.

물론 초대객들이 마음 편히 있을 수 있는 분위기는 아니었지만 전투 행위가 종료되었다는 사인은 되었는지 마술사들도 일단 경계를 풀었다.

포레가 그런 갑판의 모습을 곁눈질하며 자간의 로브 자락을 꽉 잡았다.

"자간, 이게 〈마왕〉?"

"그런 모양이다. 조심해. 이 녀석은 아까부터 거짓말만 하고 있으니까."

몸짓 하나하나가 전부 과장되어 있어서 모든 게 다 연기처럼 보였다.

싸움을 걸어왔을 때도 진심으로 싸우려는 것처럼 보이지 않았다. 궁지에 몰려서 엉덩방아를 찧었을 때조차 긴장이나 공포 따윈 느낄 수 없었다. 하지만 그렇다고 방심하게 한 다음 이상한 수작을 걸지도 않았다.

그래서 여전히 그의 목적이 무엇인지 알 수 없었다.

만약 거짓말을 간파할 수 있는 마술사가 있다면 그의 입 밖으로 나오는 말이 다 거짓이라며 소스라치게 놀랄 것이다.

——마술사는 신용하지 않는 게 좋을 걸세. 마술사는 모두 거짓말쟁이거든——

아까 고메리가 했던 말이 떠올랐다.

그는 그야말로 거짓으로 점철된 마술사였다.

포레는 자간을 가만히 올려다본다.

"그럼 여기서 죽여도 아무 의미도 없는 거야?"

"아마 그렇겠지."

"신령언어라는 건 뭐지?"

"글쎄. 이 녀석은 그걸 알고 있는 것 같은데 말해줄 생각이 있는지는 모르겠다."

비프론스는 난감하다는 표정을 지으며 어깨를 으쓱였다.

"친애하는 동료. 딸의 교육 방법에 대해 다시 생각해보는 게 어떨까? 처음 보는 사람을 죽이는 걸 전제로 이야기하는 건 좋지 않아."

"인간인지 아닌지도 의심스러운 녀석을 상대로 아무 경계도 하지 않는 게 이상한 거지."

그러고 보니 이 마술사는 남자일까 아니면 여자일까.

——물어봤자 대충 얼버무릴 것 같지만.

어차피 '네 생각에는 어느 쪽일 것 같아?'라고 되묻고 자간이 어느 쪽이라고 대답하면 그 반대라면서 웃을 게 눈에 훤했다.

"……정말이야. 다 입발림이네. 어설픈 꼭두각시 인형을 보고 있는 것 같은 기분."

꼭두각시라니, 절묘한 비유다.

이 마술사의 경박한 언동은 마치 어설픈 어릿광대가 어설픈 인형을 조종하고 있는 것 같았다.

아무리 꼭두각시 인형을 욕해도 어릿광대는 그저 비웃기만 할 뿐이다.

"이런, 꼭두각시 인형이라니, 너무 심하네. 나라도 어린 소녀에게 경멸당하면 마음에 상처를 받는다고. 아하하."

포레도 비프론스에게서 느껴지는 까닭을 알 수 없는 불쾌감을 느꼈는지 노골적으로 싫은 표정을 지으며 자간의 뒤에 숨었다.

비프론스를 노려보고 있는데 그제야 네피도 좀 진정이 되었는지 샤스틸과 함께 가까이 다가왔다.

그 모습을 네프테로스가 찌릿 노려본다.

"……노예 주제에."

드레스를 입고 있어도 네피의 목에는 투박한 목걸이가 채워져 있었다. 네프테로스의 경멸어린 시선이 향한 곳은 그 목걸이였다.

하지만 그 목걸이는 주종 관계를 뜻하는 표식이 아니다.

자간과 네피 사이의 유대감을 보여주는 증거다.

그런 목걸이를 우롱하는 말을 듣자 네피도 가만히 있지 않다.

"이 목걸이는 자간 님과 저의 기념품이에요. 누구든 이것을 모욕하는 건 용서할 수 없어요."

"……그러면 어쩔 건데? 온실에서 곱게 자란 결함품 주제에. 짐승에서 인간이라도 되었다고 생각해?"

눈앞에서 네피가 모욕을 당했다.

자간은 자신도 모르게 손을 대려고 했지만 네피는 결연한 태도로 대꾸했다.

"내가 누구인지 규정해도 되는 사람은 나뿐이에요. 당신이 무슨 생각을 하든 나와는 상관없다구요.”

그 씩씩한 목소리를 듣자 자간의 가슴이 뜨거워졌다.

——이제 이럴 때에도 제대로 대꾸할 수 있게 되었군!

꽉 끌어안고 볼을 비비며 칭찬해주고 싶다.

그렇다면 여기서 자간이 끼어들 필요는 없을 것 같다.

네프테로스는 한순간 머쓱한 표정을 지었지만 이내 경멸어린 미소를 지었다.

“……억지를 부리기는. 그딴 목걸이를 기념품이라고 말하는 시점에서 넌 이미 뿌리 깊이 노예인 거다.”

“…….”

지치지 않고 물고 늘어지는 다크 엘프의 모습에 자간은 수상쩍어하는 표정을 지었다.

——이 녀석, 집요하다고 할까, 성가시군.

끼어들 생각은 없었지만 확 열이 뻗쳤다.

자간은 네피를 외모를 보고 첫눈에 반해서 샀지만, 그대로 역시 그렇게 한 것은 네피가 네피이기 때문이리라.

아무리 네피와 똑같은 얼굴을 가지고 있어도 네프테로스에게서는 아무것도 느낄 수 없었다. 아마 때려도 별 생각이 들지 않을 것이다.

그래서 자간은 손바닥을 내보인 자세로 아무렇게나 오른손을 들었다.

“——히익?”

아까 뺨을 잡혔던 것을 떠올린 걸까.

네프테로스는 움찔 떨며 펄쩍 뛰어올랐다.

"아~……. 불쾌한 말을 들어서 그런지 귀가 간지럽군."

그리고 그대로 나른하게 귀를 긁적였다.

유치한 협박이지만 거기에 걸려든 네프테로스의 얼굴은 수치심으로 빨갛게 물들었다.

"……풉."

포레가 동정어린 얼굴로 실소를 흘린다.

"……이 자식이."

네프테로스가 분노를 담아 뇌까리자 라파엘이 포레를 타이르듯 중얼거렸다.

"포레, 약한 개일수록 잘 짖는 법이다. 그냥 웃으면서 봐줘라."

"아하하하하. ……이렇게?"

감정이 전혀 실리지 않은 목소리로 포레가 웃자 그 옆에서 샤스틸이 네프테로스를 가엽게 쳐다본다.

"네피도 제대로 할 말은 해줬으니 이제 그만하도록 해. 자꾸 그러면 불쌍하잖아."

동정은 때로 사람에게 상처를 준다.

그때까지 꿔다 놓은 보릿자루처럼 있던 샤스틸에게까지 불쌍하다는 말을 듣자 네프테로스의 얼굴이 분노로 일그러졌다.

"……죽인다!"

"진정해, 이 아이들 전원을 상대로 싸우면 죽이기 전에 네가 죽을 거야. 한두 명 정도는 죽일 수 있을지 몰라도 난 도와줄 생각이 없거든?"

비프론스는 깔깔거리고 웃으며 말했다.

"내 부하가 실수를 했군. 너희도 하고 싶은 말은 다 했으니 그만 용서해줘. 아까도 한 말이지만 난 너와 대화를 나누고 싶어서 일부러 야회를 연 거란 말이다."

그리고 호들갑스럽게 두 팔을 벌리며 갑판을 흘겨본다.

"내 배 말인데, 어떤 것 같아? 여흥도 제법 즐긴 것처럼 보이는데?"

자간은 질색한 표정을 지었지만 순순히 고개를 끄덕였다.

"그래, 좋은 배다. 덕분에 우리도 즐거웠고. 네놈이 쓸데없는 짓을 하기 전까지는 말이지."

"하하하, 그렇다니 다행이군. 다른 마술사들은 경치에는 눈길 한 번 주지 않은 탓에 나도 기뻐해줄 상대가 없어서 곤란하던 참이었어. 안 그래, 네프테로스?"

비프론스가 질문을 던지자 네프테로스는 방금 전까지 보인 분노가 느껴지지 않는 태도로 공손히 허리를 숙였다.

"비프론스 님의 도락에 공감하는 마술사가 드물지 않을까 생각합니다."

"하하하, 아무래도 쑥스러운가 봐. 이래 봬도 이 아이는 나를 제일 잘 이해해주는 사람이야."

"유일한 이해자를 인형이라 부르는 주인에게 경의를 표하는 건 여간 어려운 일이 아니죠."

두 사람의 기묘한 관계에 미간이 절로 찌푸려졌지만 아까 '인형'이라 불렸던 건 화가 났던 모양이다.

쓰레기라도 보는 듯한 싸늘한 시선에 비프론스는 씁쓸하게 웃는다.

"보다시피 내 엘프가 좀 반항적이야. 어떻게 하면 너희들처럼 사이좋게 지낼 수 있는지 충고 좀 해줘."

게다가, 하고 비프론스는 자간의 뒤에 서 있는 포레와 샤스틸, 라파엘을 순서대로 바라본다.

"네 밑에는 종족과 세력이 전혀 다른 이들이 모여서 충돌도 없이 잘 지내고 있지. 이건 경악할 만한 일이야."

자간은 작게 한숨을 흘린다.

"그런 시답잖은 농담이나 하자고 우리를 부른 거냐?"

"섭섭하게 농담이라니. 넌 그렇게 입이 험한데도 이상하게 사람들이 모인단 말이지. 그걸 부러워하는 게 그렇게 이상한 일이야?"

"〈마왕〉이 부러워할 만한 일인가?"

"〈마왕〉도 고독을 느낄 때가 있다고."

그렇게 말하며 옆에 있는 다크 엘프에게 손을 뻗자 그녀는 노골적으로 싫은 표정으로 피했다.

"아하하하. 이것 봐, 고독하잖아?"

어디까지가 진심인지, 비프론스는 깔깔거리며 웃었다. 그 옆에서는 네프테로스가 머리가 아픈 것처럼 이마를 짚고 있었다.

——마음에 들지 않는 놈이지만 불쌍하긴 하군.

역시 네피와 똑같이 생긴 얼굴이 고뇌로 일그러지는 것을 보고 있자니 썩 기분이 좋지 않았다.

비프론스는 그런 부하의 모습 따윈 조금도 신경 쓰지 않는 것처럼 싱글싱글 웃었다.

"자, 밤은 이제부터 시작이야. 파티를 즐겨보자구!"

속으로 무슨 생각을 하고 있는지 짐작조차 가지 않는 소름 끼치는 미소였다.

자간은 질린 얼굴로 말했다.

"……슬슬 본론으로 들어갔으면 좋겠는데."

"이제 좀 부드러운 대화를 나누게 되었구나 싶었는데."

"겉치레로 한 말이다."

어쨌든 초대를 받은 입장이다.

맞장구 정도는 쳐줬지만 언제까지고 쓸데없는 이야기에 어울려줄 만큼 자간도 한가하지는 않았다. 얻을 게 없다면 성에서 네피와 이야기를 나누는 게 몇 천 배는 더 유익하다.

자간이 그렇게 말하자 비프론스는 재미없다는 듯 입을 부루퉁하게 내밀었다.

"나 참, 어쩔 수 없지. 그래도 제법 즐겼으니까."

그리고 네피의 앞까지 다가왔다.

자간은 더 이상 다가오지 말라는 뜻을 담아 손으로 막아섰다.

──이 녀석은 무슨 짓을 저지를지 모른단 말이지.

비프론스는 항복하는 것처럼 두 손을 들었다.

"내가 좀 만진다고 병에 걸리기라도 하나?"

"응, 걸려."

진지하게 대답하자 비프론스는 아연실색했다.

그래도 씩씩하게 이야기를 시작한다.

"단도직입적으로 말하지. 네 엘프는 엘프지만 엘프가 아니야."

"무슨 뜻이지?"

자간이 눈을 가늘게 뜨자 비프론스는 이렇게 말했다.

"——하이 엘프——그게 바로 그녀의 종족을 부르는 호칭이다."

그 이름을 들은 자간의 눈이 휘둥그레졌다.

"하이 엘프……라고?"

처음 듣는 이름이었다.

엘프의 상위 종족 같은 것이겠지, 라고 막연하게 생각은 했지만 자간이 읽었던 마도서와 문헌에서는 한 번도 본 적이 없다.

"그래. 엘프라는 종족은 고대 신들의 피를 이어받았는데 그중에서도 순혈에 가까운 자들이 그렇게 불렸어."

엘프가 신이나 정령에 가까운 존재라는 건 자간도 알고 있지만 설마 진짜 신의 피를 이어받았을 줄은 몰랐다.

비프론스는 그런 자간의 반응을 보고 기분이 좋아졌는지 계속 말을 이어갔다.

"그렇지만 순혈이라는 걸 유지하는 게 여간 힘든 일이 아니잖아. 하이 엘프들의 수는 계속 줄어들었고 지금은 완전히 멸종되었지. 남은 건 조금 높은 마력을 가진 일반 엘프와 하프 엘프라는 어설픈 종자들뿐인 형국이고."

하지만 네피는 이곳에 있다.

즉——,

“선조귀환이 일어날 수 있는 건가.”

자간이 그렇게 중얼거리자 비프론스는 만족스럽게 고개를 끄덕였다.

“후후후, 이해가 빨라서 좋군.”

그 순간 네피가 곤혹스러운 듯 귀를 떠는 모습을 자간은 놓치지 않았다.

“네피, 궁금한 게 있으면 물어봐도 돼.”

“그렇지만…….”

네피가 비프론스를 신경 쓰는 것처럼 쳐다보자 작은 〈마왕〉은 가슴에 손을 대고 고개를 끄덕였다.

“후후후, 주인들끼리의 대화에 끼어들어도 되는지 신경 쓰는 건가? 상관없어. 이건 네 출생에 대한 이야기다. 모르는 게 있으면 얼마든지 물어봐.”

네피는 당황해서 귀를 떨었지만 이내 머뭇거리며 입을 열었다.

“그럼, 질문이 있어요. 선조귀환이라는 게 무슨 뜻인가요?”

“아, 맞다. 하긴 평소엔 듣기 힘든 단어지.”

비프론스가 그대로 허물없이 네피에게 다가가려고 하자 자간이 그를 가로막듯 입을 열었다.

“선조귀환이라는 건 격세유전을 말한다.”

“격세유전……이라고요?”

“그래. 마술사 사이에서 드물게 볼 수 있는 사례로는 평범한 인

간의 핏줄에서 극단적으로 강한 마력을 가진 아이가 태어나는 것이다. 먼 조상 중에 마술사가 있었을 경우에 일어나는 현상이지. 네피의 경우는 다른 엘프와 섞이면서 옅어진 하이 엘프의 피가 되살아난 것일 테고."

자간이 그렇게 대답을 하자 비프론스는 손가락을 까딱까딱 흔들었다.

"모범답안이지만 백 점 만점은 아니야."

그리고는 얄밉게 웃었다.

"선조귀환이라는 건 말이지, 마력 같은 게 유전되는 경우만이 아니라 반대로 선조가 어떤 '저주'에 걸렸는데 그게 먼 자손에게 나타나는 경우를 가리키기도 해."

그 말을 들은 네피의 눈이 커다래진다.

——저주 받은 아이——

엘프 마을에서 네피는 그렇게 불리며 다른 사람들에게 경멸당했다.

비프론스는 그 반응을 보고 만족스럽게 고개를 끄덕였다.

"후후후, 짚이는 데가 있는 것 같은 얼굴이네. 평범한 엘프들의 눈에는 네 그 하얀 머리와 마법이 저주처럼 보였겠지. 열등 종자들에게는 조금 자극이 강한 힘이니까."

어쩌면 엘프 마을에서는 과거에도 네피와 같은 힘을 가진 아이가 태어났었는지도 모른다.

미지의 힘을 가진 아이들.

확실히 두려움을 느낄 만한 존재지만 거기에는 잃어버린 힘에 대한 선망도 있지 않았을까.

그래서 엘프들은 하얀 머리를 가진 아이들을 '저주 받은 아이'라 부르며 박해한 것이다.

인간의 공격을 받았을 때, 마지막에 매달려왔던 게 바로 그 증거다. 엘프라는 종족은 원래 자존심이 강하고 긍지에 반하는 행동 따위는 하지 않으니 말이다.

그렇게 생각하면 네프테로스는 아주 엘프다운 성격을 가졌다.

그 사실을 어떻게 받아들였는지 네피는 창백하게 질려서 떨고 있었다.

비프론스는 킥킥거리고 웃으며 네피 앞에서 허리를 숙였다.

"하지만 한탄할 것까진 없어. 넌 자랑스러운 하이 엘프의 후손이다. 네 주인의 오만함을 좀 보고 배워봐."

"쓸데없는 참견이다."

비프론스가 이상한 말을 꺼낼 것 같은 낌새를 보이자 자간은 다시 네피와 비프론스 사이에 끼어들었다.

"그보다 네피가 선조귀환이라는 건 그렇다 쳐도 하이 엘프라는 근거는 어디 있지? 이미 멸망한 종족일 텐데."

네피의 외모는 일반적인 엘프와 크게 차이가 나지는 않는다. 그런데도 한 번도 본 적 없는 종족이라고 확신하는 이유가 있을 것이다.

비프론스는 그 지적을 기다리고 있었다는 듯이 입매를 실룩거렸다.

"물론이지. 신령언어에 대한 건 일단 제쳐두더라도, 네피가 가진 가장 큰 특징이기도 한 하얀 머리를 볼까? 하이 엘프들은 티끌 하나 없는 순백의 머리와 호수처럼 푸른 눈동자를 가지고 있었다고 해."

확실히 네피와 외모와 일치한다.

"그리고 무엇보다 중요한 건 바라기만 해도 자연을 조종할 수 있고, 그 어떤 죽은 자의 상처도 치료할 수 있는 기도의 힘이다. 그냥 마법이라고 뭉뚱그려 부르고들 있는 것 같지만."

이것도 네피는 자간 앞에서 여러 번 보여줬다. 그들을 감시해온 비프론스가 그것을 모를 리 없었다.

그래도 자간은 코웃음을 쳤다.

"어지간히도 과장된 전승이군. 물론 네피는 성검에 입은 상처도 치료할 수 있지만 죽은 사람을 어떻게 살린단 거냐."

그렇게 지적하자 비프론스는 의외라는 듯 눈을 동그랗게 떴다.

"어라? 몰랐어?"

"……무슨 말을 하고 싶은 거지?"

"크흐흐, 내 말이 맞다니까? 네 엘프는 죽은 사람도 살릴 수 있어. '죽음'에도 단계라는 게 있으니까. 뼈만 남은 상태라면 저기 있는 언데드처럼 되겠지만, 그래도 그녀는 육체가 완전히 '죽음'을 맞이한 인간을 소생시켰어."

"……설마."

네피의 눈이 휘둥그레진다.

"짐작 가는 게 있나?"

"……네. 큐아노에이데스에서 습격을 당했을 때 마을 사람들도 거기에 말려들었는데, 전 자간 님이 마술로 구해주신 줄로만 알았어요."

자간이 큐아노에이데스를 지키기 위해 결계를 쳐두었던 건 사실이다.

네피는 그 효과인 줄로만 알고 그에게 보고하지 않았던 것이다.

"어떻게 생각해? 한 번 죽은 사람을 언데드로 만들 수는 있어도 되살리지는 못하지. 적어도 마술은 그래. 그런데 그게 가능하다는 건 그녀가 하이 엘프라는 증거가 아닐까?"

여기까지 들으니 자간도 반론할 수 없었다.

비프론스는 만족스럽게 고개를 끄덕인다.

"나도 마술사가 된지 3백 년 정도 됐는데 네피처럼 완전한 하이 엘프는 처음 봐. 그런 만큼 손에 넣지 못한 게 너무 분하고."

그 한마디가 자간의 마음에 걸렸다.

네피를 흘끗 쳐다본다.

충격적인 사실에 창백하게 질려 있다. 가혹한 이야기를 계속 듣다가는 쓰러지는 게 아닐까 하는 생각이 들 정도였다.

그 의문을 입 밖으로 꺼내는 건 망설여졌지만, 그래도 자간은 비프론스를 향해 물었다.

"……그렇다면 네피의 마을에 인간을 보낸 게, 너냐?"

믿을 수 없다는 듯 네피의 눈이 커다래진다.

비프론스는 아무래도 상관없다는 듯 고개를 끄덕였다.

"맞아, 그런데? 고생해서 하이 엘프에 대한 소문을 찾아냈는데 마르코시어스에게 가로채였지. 게다가 그 영감도 금방 죽어버리는 바람에 행방이 완전히 묘연해졌고. 그런데 너한테 또 빼앗긴 거야."

"그랬, 군요……."

네피는 마치 남 일처럼 중얼거렸다.

――어라? 별로 신경 쓰는 것 같지 않군…….

아니, 신경 쓰지 않는 정도가 아니라 차분히 받아들이고 있는 것 같다고 할까.

일단 자간은 네피의 손을 잡았다.

"괜찮아?"

"네."

네피는 의외로 힘주어 고개를 끄덕였다.

"우리 마을은 저 때문에 습격을 받은 건지도 몰라요. 그 문제는 똑바로 마주해야 한다고 생각하지만, 제가 웅크리고 앉아서 한탄할 이유가 되진 않으니까요."

"그래, 네피도 강해졌구나."

자간이 그렇게 칭찬해주자 기분 탓인지 네피는 볼을 부풀리며 자간을 올려다보았다.

"자간 님이 그렇게 가르쳐주셨잖아요?"

그러면서 네피는 분명히 미소 지었다.

"전 자간 님의 말을 듣고 정말로 구원을 받았는걸요. 그러니 이제 똑같은 일로 풀죽어 있지는 않을 거예요."

그 말을 듣자 자간도 생각났다.

——죽었잖아? 그럼 그냥 신경 꺼. 죽어서까지 불평할 수 있을 만큼 근성 있는 놈들도 아닌 것 같은데——

네피가 살던 마을의 말로에 대해 들은 자간은 그렇게 말했었다.

아무래도 네피는 그 말을 우직할 정도로 받아들이고 소중히 여겼던 모양이다. 이렇게 진실을 알게 되어도 동요하지 않을 만큼.

비프론스는 재미없다는 듯 입술을 삐죽였다.

"쳇, 조금 더 놀랄 줄 알았는데. 뭐, 됐어. 아하하."

마치 개인기를 선보였다가 실패한 것 같은, 죄책감이라곤 조금도 찾아볼 수 없는 반응이었다.

그러나 비프론스의 생각은 조금도 틀리지 않았다.

이게 바로 마술사의 본성이고 한 번은 자간이 보고 기가 죽었던 〈마왕〉의 모습이다.

——네피를 이런 놈들과 동류로 만들고 싶지 않아서 〈마왕〉들을 없애고 싶은 거다.

이 사랑스러운 소녀가 햇빛이 비치는 곳에서 살아가는 데 있어 〈마왕〉은 방해가 된다.

비프론스의 이야기는 계속된다.

"네피가 하이 엘프라는 이야기는 이쯤 해둬도 되겠지? 본론은 그게 아니거든."

"신령언어라는 것 말인가?"

자간이 그 이름을 입에 올리자 비프론스도 고개를 끄덕였다.

"난 〈마왕〉이라는 칭호를 손에 넣고 나서 줄곧 신령언어에 대해 연구해왔어."

거기서 말을 멈춘 다음 왼팔에 있는 문장을 가리켰다.

"이 〈마왕의 각인〉도 신령언어의 술식으로 짜인 것이거든."

핵심에 가까운 말에 자간은 눈썹을 치켜세웠다.

"역시 그런 거냐?"

네피도 문자처럼 읽지는 못했지만.

비프론스는 의기양양한 얼굴로 고개를 끄덕였다.

"네 생각이 맞아. 하지만 이건 내가 3백 년 동안 연구했는데도 여전히 밝혀내지 못한 문제야. 그렇게 간단히 밝혀지면 곤란하다고."

마음에 들지 않는 마술사지만 〈마왕〉으로서의 힘은 진짜다.

그런 〈마왕〉조차 〈각인〉의 정체는 밝혀내지 못한 모양이다.

——아직 갈 길이 먼 것 같군.

비프론스는 검지를 세우고 말을 이어갔다.

"얼마 전에 네프테로스의 '힘'을 보고 알았겠지만——."

어라, 하고 자간은 고개를 갸웃거렸다.

"난 보지도 못했고 이야기도 처음 듣는데."

가차 없이 이야기를 자르자 비프론스의 입이 쩍 벌어졌다.

"뭐, 못 들었다고?"

"그래, 난 모른다."

"어이, 지금 이 타이밍에 그렇게 심술궂은 말을 할 필요는 없잖아. ……에? 진짜야?"

아연실색한 비프론스는 네피에게 시선을 돌린다.

"잠깐, 거짓말이지? 주인님에게 아무 말도 하지 않은 거야?"

"어떻게 말씀드리면 좋을지 몰라서……."

비프론스가 믿을 수 없다는 얼굴로 다가서자 네피는 자간의 뒤로 숨으면서 작게 고개를 끄덕였다.

"왜? 도대체 왜! 네프테로스, 아무 말 않고 있어도 될 정도의 '힘'밖에 보여주지 않은 거야?"

"……싸우라는 명령은 안 받았으니까요."

"네 성격을 생각하면 하이 엘프를 보고 가만히 놔둘 리 없잖아?"

비프론스는 머리를 싸맸다.

나름대로 세워둔 계획인 틀어진 눈치다.

자간은 네피의 머리를 가만히 쓰다듬었다.

"잘했다, 네피. 덕분에 비프론스에게 한 방 먹여주는 데 성공한 것 같아."

"——네!"

역시 고민하고 있었던 모양이다. 오랜만에 진심에서 우러나는 밝은 목소리를 들은 것 같았다.

작은 <마왕>은 기운 없는 얼굴로 다음 이야기를 했다.

"그러니까, 그게, 3백 년에 걸친 내 연구의 성과라고도 할 수 있는 신령언어의 마술 비슷한 게 있는데, 마법이라는 게 굉장히 불안정하잖아? 신령언어는 그것을 제어, 발전시킬 수 있는 수단이기도 하단 말이야."

자간도 네피에게 마술을 가르쳐왔다.

물론 자신의 몸을 지킬 수 있는 힘을 가지길 바라는 마음도 있었지만, 마법이라는 힘을 자유자재로 다루는 데 도움이 되길 바라는 목적도 있었다.

비프론스는 거기에서 한 발 더 나아간 연구를 하고 있었던 모양이다.

"그래서 그걸 여기 있는 네프테로스에게 사용하게 해봤지. 공공연하게 너와 대립하고 싶은 건 아니니 직접 명령을 내리지는 않았지만, 그러도록 부추겼다고 할까……."

"저질이군."

"응. 저질. 네피가 얼마나 슬퍼했는데."

자간 뿐만 아니라 포레까지 경멸 어린 시선을 던지자 비프론스는 더 풀이 죽은 표정을 지었다.

"너희들 다 싫어. <마왕>에 대한 두려움이 부족하다고 생각하지 않냐?"

"……그만 돌아가도 될까?"

점점 더 짜증이 나기 시작한 자간이 그렇게 말하자 비프론스는 굴욕감에 얼굴을 일그러뜨리면서도 이야기를 계속하려 했다. 아무래도 자신의 이야기를 들어주길 바라는 것 같다.

"어쨌든 신령언어는 그것만으로도 힘이 있는 말인데 그것을 술식으로 발전시킨 마술——말하자면 신령 마법이라는 게 있지!"

"그걸 저 녀석더러 사용하게 한 거냐?"

네프테로스를 쳐다보자 확실히 고개를 끄덕였다.

"맞아. 그런데 설마 주인에게 보고도 하지 않았을 줄은 몰랐군. ……좀 더 당황해야 하는 힘 아닌가?"

아무래도 오랜 세월에 걸친 연구 성과가 주목을 받지 못하자 분했던 모양이다.

자간이 어이없다는 표정을 짓고 있자 그제야 비프론스도 정신을 차리고 헛기침을 했다.

"어쨌든 이 〈마왕의 각인〉도 신령 마법으로 만들어진 무시무시한 고도의 장치 중 하나라는 게 내가 내린 결론이다."

그런 다음 네프테로스에게로 눈을 돌린다.

"보다시피 네프테로스도 하이 엘프라서 신령 마법을 배우게 했지. 그리고 네 엘프를 공격하게 해봤지만 기대한 결과는 나오지 않은 것 같군."

눈동자 색은 금색, 머리도 백발이 아닌 은발이었지만 분명 네프테로스는 하이 엘프에 가까운 외모를 가지고 있었다.

연구 성과를 시험해보고 싶어하는 건 마술사의 본성이다. 그건 〈마왕〉도 똑같다.

그런데 자간은 거기서 한 가지 의문을 느꼈다.

——네피 같은 하이 엘프를 만난 건 3백 년 동안 처음이라고 하

지 않았나……?

그렇다면 네프테로스는 어디서 온 걸까.

네피를 찾아내기 전부터 비프론스를 모시고 있었다고 해도, 그런 그녀가 우연히 네피와 똑같은 얼굴을 가지고 있을 가능성이 과연 얼마나 될까?

말로 설명하기 힘든 불쾌감이 치밀었다.

그런 자간의 의문을 아는지 모르는지, 비프론스는 네피를 향해 말했다.

"확인해두고 싶은데 넌 신령마법을 사용할 줄 알아?"

"……모릅니다. 배우면 사용할 수 있을지도 모르지만."

"음, 이제야 기대했던 답을 들었군. 아무리 하이 엘프라도 실전된 기술까지 전해지지는 않는 모양이네."

새로운 정보가 많다는 게 나쁜 일은 아니지만 단순한 자기 자랑에 지나지 않는다.

굴욕을 느낀 자간은 한숨을 쉬었다.

"그럼 우리를 부른 건 결국 연구 성과를 보여주기 위해서였나?"

"후후후, 어떤 의미에서는 그럴지도. 하지만 이야기는 아직 끝나지 않았어. 그렇게 재촉하지 마."

거드름을 피우며 말하는 비프론스.

"이 〈마왕의 각인〉은 신령 마법으로 짜인 장치라고 했지? 그렇다면 이건 도대체 무슨 장치일까? 그 이야기를 나눌 상대는 역시 같은 〈마왕〉, 그리고 같은 하이 엘프를 곁에 둔 너밖에 없다고 생각했지."

비프론스는 갑판을 걸으며 이야기했다.

“자간, 이 세계에 마족이라 불리는 ‘무언가’가 존재하고 있었다는 사실은 너도 알고 있지?”

“……대충은.”

그래서 거기에 대항할 방법을 찾고 있는 것이다.

“그런 마족들에게도 역시 왕이라 불리는 대장 같은 자——라고 하면 마왕과 헷갈리기 쉬우니까 ‘마신’이라고 부를까——어쨌든 그런 자가 존재하고 있다고 해. 이건 교회도 주장하고 있는 이야기지만.”

그 ‘마신’을 물리친 것이 12명의 성검 소유자라고 한다.

그렇게 말하더니 이번에는 샤스틸과 라파엘 쪽으로 시선을 돌렸다.

줄곧 감시하고 있었으니 당연한 일이겠지만, 월포레의 갑옷을 입고 있는 사람이 라파엘이라는 건 진즉에 눈치채고 있었던 모양이다.

자간은 어깨를 으쓱였다.

“분명 성검은 강력하지만 그것으로 마족을 죽일 수 있냐고 물으면 고개를 갸웃거리지 않을 수 없을 것 같은데?”

적어도 예전에 자간이 대면했던 마족에게 통할 것 같지는 않았다. 그 왕인지 신인지 하는 마족의 경우에는 더 어려울 것이다.

그런데도 비프론스는 다시 손가락을 까딱까닥 흔들었다.

“아니, 난 꼭 거짓이라고도 생각하지 않아. 12자루의 성검으로 베었다면 유해는 모두 13개가 되어야 하잖아?”

〈마왕의 각인〉은 13개다.

자간은 자신의 〈각인〉을 향해 시선을 떨어뜨렸다.

"즉 성검에 베인 '무언가'가 이 〈각인〉에 들어 있다는 건가?"

"후후후, 좀 더 명확하게 말해도 돼."

비프론스는 왼팔을 들어 보였다.

"〈마왕의 각인〉에 마신의 시체가 봉인되어 있다는 게 내 생각이야."

자간은 오른손을 꽉 쥐었다.

어렴풋이 눈치채고는 있었다.

왜 마족은 〈마왕의 각인〉에 복종한 것인가. 이 방대한 마력은 어디에서 나오는 것인가. 그리고 왜 〈각인〉끼리 공진하는가.

――〈마왕의 각인〉은 마신의 각인이다.

어쩌면 13명의 〈마왕〉은 봉인을 지키기 위한 마술사였는지도 모른다. 지금은 그저 추악하기만 한 괴물로 전락하고 말았지만.

자간은 샤스틸과 라파엘을 바라봤다.

――그리고 그 봉인을 만든 것이 성검이라는 말인가.

적어도 비프론스는 그렇게 생각하고 있는 것 같다.

그렇다면 지금의 성검에는 과거의 힘이 사라지고 없는 걸까, 아니면 다른 사용법이 있는 걸까.

하지만, 하고 비프론스는 말한다.

"성검이 마신을 물리쳤다면 어디선가 싸웠다는 뜻이 되지. 북쪽

성지 같은 비경일지도 모르고 교회 본부가 있는 성도일지도 몰라. 단 한 번의 싸움으로 결말이 나진 않았을 테니 분명 그런 곳은 몇 군데나 존재할 거고."

자간의 눈이 가늘어진다.

"어이, 설마……."

"후후후, 드디어 눈치챘군."

비프론스는 과장되게 두 팔을 벌리고 이렇게 말했다.

"그래, 이 스프라기다도 마신이 싸웠던 곳 중 하나야."

자간은 깨달았다.

비프론스와 옥신각신하느라 힘을 봉해둔 오른손의 문장이 다시 열을 띠기 시작한 것처럼 욱신거리고 있다는 사실을.

——이 〈각인〉, 설마 비프론스가 아니라 이 호수에 반응을 했던 건가?

마찬가지로 비프론스의 〈각인〉에도 다시 마력의 빛이 돌아와 있었다.

그리고 생각났다.

비프론스는 자간과의 충돌을 '여흥'이라고 했다.

그렇다면 진짜 목적은 뭐지?

방금 전 그 자기 자랑이 목적이라는 말인가?

아연실색해 있는 자간의 앞에서 비프론스는 외쳤다.

"자! 두 개의 〈마왕의 각인〉이 마신의 싸웠던 곳에 모이면 무슨 일이 일어날까?”

〈마왕의 각인〉이 더 환하게 빛난다.

이번에는 자간도 막을 수 없었다.

그리고 달을 비추는 호수는 지옥의 색으로 변모했다.

네프테로스가 그 소녀의 존재를 알게 된 것은 몇 달 전의 일이었다.

주인인 비프론스가 멀리 있는 그 소녀의 모습을 수정에 비춰서 보여주었다.

네프테로스는 철이 들었을 때 이미 비프론스의 밑에 있었기 때문에 자신이 어떤 종족이며 어디서 왔는지 의문스럽게 생각해본 적이 없었다.

그저 자신이 〈마왕〉을 모시고 있다는 사실이 자랑스러웠고, 그 〈마왕〉이 자신을 필요로 하고 있다는 것이 무엇보다 기뻤다.

그러다가 자신과 똑같이 생긴 얼굴을 가진 같은 종족 소녀가 있다는 말을 듣고 흥미가 동했다.

하지만 그 소녀는 누더기 같은 옷을 입고 발에는 족쇄가 채워진 노예 같은 취급을 받고 있었다.

자신과 똑같이 생긴 소녀가 고초를 겪는 모습에 가슴이 아팠다.

반드시 도와주고 싶었다.

——그 아이도 비프론스 님을 섬기게 될까?

만약 그렇다면 다른 누구도 아닌 자신이 도와주러 가고 싶었다. 자신에게는 〈마왕〉에게서 받은 힘이 있기 때문이다.

그리고 선배로서 여러 가지를 가르쳐줄 것이다.

그런 생각을 했다.

하지만――

'잘 봐, 네프테로스. 내가 **오랜 세월 찾아온** 완전한 하이 엘프다. 이것으로 신령 마술도 다음 단계로 나아갈 수 있게 됐어.'

네프테로스는 그 말의 의미를 이해할 수 없었다.

이 소녀가 주인이 원하는 하이 엘프라면…….

――그럼 나는……?

지금까지 최선을 다해 〈마왕〉을 모셔온 자신은 뭐였던 거지?

음습한 질투가 고개를 치켜들었다.

소녀를 향한 친근감과 동정이 불 같은 증오로 변했다.

그나마 다행이라고 해야 할까, 소녀가 비프론스의 밑으로 오는 일은 없었다.

소녀가 사는 마을이 인간들의 습격을 받아 소녀도 행방불명이 되었기 때문이다.

그 마지막 모습을 보지 못한 게 못내 아쉬웠지만 통쾌했다.

비프론스는 소녀의 행방을 찾았지만 다른 〈마왕〉의 간섭까지 더해져 어디 있는지 알아내는 데 실패했다.

그렇게 되면 자연히 손에 넣지 못한 소녀보다 네프테로스를 소중히 여겨주게 된다.

한 번 흐트러졌던 네프테로스의 평온이 다시 돌아온 줄로만 알았다.

――하지만 그 녀석은 살아 있었어.

다른 〈마왕〉의 손에 거둬져서 그렇게나 초라했던 모습이 거짓말이었던처럼 행복한 얼굴을 하고 있었다.

그 모습을 본 비프론스는 진심으로 분해서 이렇게 중얼거렸다.

'유감스럽군. 아무리 신참이라도 같은 〈마왕〉의 것을 빼앗는 건 리스크가 너무 커.'

평소에는 무슨 생각을 하고 있는지 알 수 없는 주인의 입에서 진심으로 한탄하는 말이 흘러나온 것이다.

그 소녀가 살아 있는 한 주인의 선망은 사라지지 않을 것이다. 네프테로스는 주인의 첫 번째가 되지 못한다.

용서할 수 없었다.

그래서 네프테로스가 소녀에게 접촉해도 된다는 말을 들었을 때는 너무 기쁜 나머지 춤이라도 추고 싶을 정도였다.

비프론스는 소녀에게 손을 대지 말라는 말은 하지 않았다.

죽이지만 않으면 무슨 짓을 해도 뭐라 하지 않을 것이다.

――내가 철저하게 굴복시키면 비프론스 님도 그 녀석에 대한 관심을 잃게 되겠지.

가장 필요한 건 그런 소녀가 아니라 자신이라는 사실을 보여주는 것이다.

하지만 네프테로스는 이기지 못했다.

장소가 장소인 만큼 힘을 적당히 조절했지만 굴복은커녕 오히려 압도당하고 말았다.

그게 바로 주인이 원하는 힘이라는 사실만 처절하게 깨달았다.

너무 분한 나머지 미쳐버릴 것 같았지만 주인은 다시 한 번 네프테로스에게 손을 내밀어주었다.

'재미있는 쇼가 생각났어. 네 힘을 보여주는 거야'

네프테로스는 더는 질 수 없었다.

◇

자간과 비프론스, 두 〈마왕의 각인〉을 중심으로 '그것'은 소용돌이쳤다.

빛이 없는 암흑의 세계.

마르코시어스가 남긴 마족의 합성생물도, 발바로스가 소환한 마족조차도 미치지 못하는 형태 없는 마력의 소용돌이다.

그 소용돌이가 호수 속에서 솟구쳐 올라 배를 에워쌌다.

"아하하하! 대단해! 단순한 마력의 양만 보면 13명의 〈마왕〉도 능가하겠는걸? 아하하하하! 아하하하하!"

광기어린 웃음을 터뜨리는 비프론스를 향해 자간은 고함을 질렀다.

"비프론스! 너 제정신이냐? 마신을 되살려낼 생각이냐고!"

자간의 노성에 비프론스는 웃는다.

"설마! 이런 걸 마신이라고 부르지는 않아. 기껏해야 잔재, 잔류사념 같은 것에 지나지 않거든. 그냥 〈마왕의 각인〉에 반응해서 깨어난 것뿐이야."

잔재의 힘이 이 정도.

——그런 괴물이 존재했다는 건가?

그야말로 신과 같은 존재다.

제아무리 인간이 마술의 정점에 다다른다 해도 결코 도달할 수 없는, 차원이 다른 힘이다.

이윽고 마력의 소용돌이는 질량을 띠고 구현화한다.

그 광경을 본 자간은 자신도 모르게 혐오를 담아 중얼거렸다.

"뭐야, 이건……?"

그것은 '진흙'이었다.

우상 같이 명확한 모습을 가진 것도 아니고, 인간 같은 자아도 느껴지지 않았다. 악의라는 것을 눈에 보이도록 응축하면 이렇게 되지 않을까 하는 생각이 드는 추악한 진흙이다.

——크긴 엄청 크군.

원래부터 차원이 다른 마력덩어리다. '진흙'은 야회가 열리는 배를 완전히 뒤덮어버릴 만한 크기가 된 뒤에도 계속해서 부풀어 오르고 있었다.

단, 질량을 가진다는 건 중력의 영향을 받게 된다는 뜻이기도 하다.

부풀어 오른 '진흙'은 그대로 호수로 낙하했다.

기둥 같은 물보라가 솟구친다.

배가 심하게 흔들리는 바람에 악단의 해골 몇 명이 배에서 떨어졌지만 마술사들은 각자 마술로 몸을 지켰다. 샤스틸과 라파엘도 갑판에 매달려 위기를 모면했다.

적막.

공격이라도 할 줄 알았건만 '진흙'은 공중에 떠 있지도 못했다.

"……어라?"

이건 비프론스도 미처 예상하지 못했는지 얼빠진 소리로 중얼거렸다.

――그래도 마력 자체는 더 부풀어 올라 있어.

호수 속에서 느껴지는 마력은 계속해서 강해지고 있었다.

게다가 저 '진흙'은 살아 있는 생물이 아니다. 물속에 가라앉았다고 활동을 멈출 리 없다.

문제는 저 '진흙'의 활동이 어떤 것인가 하는 점이다.

그들뿐 아니라 배 위에 있는 다른 마술사들도 숨을 죽이고 수면을 경계했다.

시계 초침이 한 바퀴 돌고 짧은 시계 바늘의 눈금이 하나 움직이는 시간 동안 그러고 있었지만 아무 일도 일어나지 않았다.

마술사들 중 한 사람이 이마를 훔치며 핫 하고 웃는다.

"뭐야, 아무 일도 안 일어나잖아."

그때였다.

"윽!"

그 마술사가 희미한 비명을 질렀다.

자세히 보니 갑판에서 말뚝 하나가 튀어나와 있었다.

――말뚝이 아니야!

자간은 몸에 소름이 돋았다.

"조심해! 이미 배에 달라붙었어!"

말뚝의 정체는 갑판으로 스며 나온 '진흙'이었다.

솜이 물을 빨아들이듯 조용히 기어오르고 있었던 것이다.

——혹시 배 안에 누가 있기라도 했으면…….

잠시도 버티지 못한다. 아마 배 안에 생존자는 단 한 명도 없을 것이다.

습격을 당한 마술사는 아직 살아 있었다.

"컥, 커헉, 도, 도와, 줘……."

말뚝에 찔린 마술사는 쿨럭쿨럭 숨 막힌 비명을 질렀지만 이내 몸에 있는 구멍이란 구멍에서 검은 '진흙'을 쏟아내며 쓰러졌다.

네피는 숨을 삼키고 샤스틸은 구역질을 참듯이 입을 막았다.

——잡아먹힌……건가?

자간이 마술을 '먹는 것'과는 다르다.

몸 안에서부터 흐물흐물 녹아서 삼켜진 것이다.

그 무참한 광경에 마술사들 사이에도 공포가 전해진다.

"큭, 천둥이여, 모두 불살라라!"

"오라, 홍련의 불이여."

마술사들이 천둥과 불로 공격을 가했지만 '진흙'의 표면만 불태웠을 뿐이었다.

——아니, 마술을 흡수하고 있어?

마술을 흡수한 '진흙'은 더 팽창했다.

"공격하지 마! 놈에게 흡수당할 뿐이다."

자간이 외치자 마술사들은 즉시 공격을 멈췄다.

그들 또한 〈마왕〉의 야회에 초대받을 만큼의 실력을 갖춘 자들이다.

공격 수단을 찾아내지 못하자 재빨리 갑판에서 멀어졌다. 하늘을 나는 마술은 그리 드문 마술도 아니었다.

자간도 네피와 샤스틸을 안고 공중으로 도망쳤고, 라파엘은 용의 날개를 가진 포레의 도움을 받아 갑판에서 떨어졌다.

샤스틸이 새파랗게 질려서 비명을 지른다.

"자, 잠깐 기다려, 내 성검을 배에 뒀단 말이다."

"지금 그런 말을 할 상황이냐!"

어디에 뒀든 배 안은 이미 '진흙'으로 뒤덮여 있다.

배에서 탈출한 마술사들은 그대로 도망치려 했지만——

"윽, 이건 뭐지?"

갑자기 보이지 않는 벽에 가로막힌 것처럼 마술사들이 다시 배 위로 밀려왔다.

"아하하하, 쇼는 이제부터라구! 메인 무대도 보지 않고 돌아가다니, 섭섭하게 굴면 안 되지!"

비프론스였다.

아무래도 마술사들이 도망치지 못하도록 결계 같은 걸 친 모양이다.

——마술이라면 어떻게든 할 수 있어.

자간이 주먹을 꽉 쥐자 미리 예상이라도 하고 있었던 것처럼 비프론스가 검지를 세웠다.

"아, 그러지 않는 게 좋을 거야, 자간. 이렇게 마술이 복잡하게 전개되어 있는 공간에서 내 결계만 골라서 파괴할 수 있을 것 같아? 그랬다간 모두 호수로 거꾸로 처박힐 거라고."

"……쳇."

치사하게도 비프론스의 결계는 이곳에 발동되어 있는 모든 마술을 파고드는 것 같은 형태로 펼쳐져 있었다.

기생하고 있다고 해야 할까. 누군가가 마술을 사용하고 있는 한 결계는 풀지 못하고, 자간이 파괴하면 함께 얽혀 있는 마술도 모두 파괴될 것이다.

그리고 호수에는 저 '진흙'이 퍼져 있다.

"미친 자식……."

내뱉듯이 말한 사람은 고메리였을까. 그 옆에는 키메리에스도 있다. 그들이라면 시간만 들이면 〈마왕〉의 결계라도 파괴할 수 있을지 모르지만…….

그 순간 새된 비명이 울려 퍼졌다.

"히익, 누가……, 누가 좀 도와줘!"

'진흙'이 기어 나온 갑판에 혼자 남겨져 있는 사람이 있었다.

"저분은……."

네피가 새파랗게 질려서 중얼거린다.

남겨진 사람은 악단의 세이렌이었다.

그녀는 마술사가 아닌 모양이다. 그리고 악단의 다른 멤버들인

해골들은 이미 잡아먹혔거나 호수에 빠진 것 같았다. 가엽게도 몇몇 악기가 바닥에 떨어져 있을 뿐이다.

하늘을 나는 마술을 쓰지도 못하고 호수는 이미 '진흙'의 영역으로 변해 있다.

도망칠 곳이 없는 소녀를 희롱하듯 '진흙'은 주위에서 기어 나오고 있었다.

"네피, 날 수 있지?"

"……네."

네피에게는 마술의 기초를 가르쳐줬다.

자유자재로 비행하지는 못하지만 공중에 떠 있는 것 정도는 할 수 있다. 샤스틸을 네피에게 맡긴 뒤, 자간은 갑판에 내려섰다.

새된 비명이 울려 퍼진다.

"꺄아아아아아아아아아아아아악!"

"――시끄러. 가수라면 노래라도 부르고 있어."

세이렌 소녀의 목덜미를 붙잡은 자간은 갑판을 주먹으로 내려쳤다.

아까 비프론스로부터 '흡수'한 마력에 더해 자신의 마력까지 실은 일격이다. 단순한 파괴력만 따지면 갑판에 있던 마술사들이 한꺼번에 덤벼들어도 막지 못할 것이다. 작은 마을이라면 그대로 거대한 구멍으로 변할 정도의 철퇴였다.

갑판은 말할 것도 없고 배가 두 동강이 나자 그 충격으로 '진흙'도 날아간다.

――마술은 흡수할 수 있어도 물리 현상의 충격까지는 흡수하

지 못하겠지.

그의 의도대로 '진흙'을 물리치는 데 성공했다.

"쳇——."

하지만 자간은 날카롭게 혀를 찼다.

갑판을 부순 주먹에 진흙 파편이 엉겨 붙어 있었던 것이다.

아무리 뿌리쳐도 떨어지기는커녕 자간의 마력을 흡수하면서 점점 비대해지기 시작했다.

——〈마왕의 각인〉을 먹어치울 작정인가!

원래 마신의 잔재라고 하니 보다 큰 잔재인 〈마왕의 각인〉에 이끌리는 건 당연한 일이었다.

'진흙'은 자간의 주먹뿐만 아니라 팔까지 기어오르려 했다.

"나의 왕!"

신음을 흘리는 자간의 등 뒤로 라파엘이 내려섰다.

그리고 왼쪽 의수에 오른손을 올렸다.

"응답하라——성검 〈메타트론〉!"

라파엘의 부름과 동시에 의수에서 성검이 뽑혀 나왔다.

〈마왕〉의 야회에서 아무 일도 일어나지 않을 리 없다.

그래서 자간은 라파엘의 의수를 성검을 보관할 수 있는 검집으로 개조해두었다. 그 원리는 공간을 넘나드는 발바로스의 마술과 동일하다.

성검에는 이미 정화의 불꽃이 휘감겨 있었고 그 불꽃은 자간의 팔과 함께 '진흙'을 불살랐다.

"으윽……."

고통으로 인해 신음이 흘러나온다. 그래도 팔에 휘감겨 있던 '진흙'은 떼어냈다. 그 대신 심한 화상이 남았지만.

라파엘이 그런 자간의 뒤를 지키며 말한다.

"무례를 용서하게!"

"아니, 괜찮아. 고맙다."

솔직히 상당히 위험했다.

이 충실한 집사가 불로 태우지 않았다면 오른팔을 절단이라도 하지 않으면 벗어나지 못했을 것이다. 화상으로 끝난 것만 해도 다행이다.

하지만 성검을 보여준 건 실수였을지도 모른다.

공중으로 도망쳐 있던 마술사들이 의혹 어린 말을 쏟아냈다.

"어이, 저건 성검 아냐?"

"왜 〈망령〉이 성검을 사용하는 거지?"

"교회의 첩자 아닌가?"

이런 상황에 처한 것은 〈마왕〉 비프론스 때문이다. 같은 〈마왕〉인 데다 성검까지 가지고 있다면 교회의 관여를 의심하게 될 만도 하다.

그렇다면 '윌포레'의 변장은 더 이상 의미가 없을 것이다. 라파엘은 투구를 벗었다.

그 맨 얼굴을 본 마술사들의 낯이 파랗게 질렸다.

"마술사 사냥꾼 라파엘이다! 살아 있었던 건가."

당황해서 외치는 마술사들을 향해 라파엘이 소리친다.

"그 이름은 버렸다. 지금 나는 〈마왕〉 자간의 검이다."

라파엘의 말은 어디까지 전해졌을까.

일단 뒤에서 공격을 가해오는 적의는 느껴지지 않았지만 신용 또한 하지 않는 것 같았다. 엮이는 건 사양하겠다는 듯 마술사들은 뒤로 물러났다.

이 자리에서 그들이 자간에게 협력할 일은 없다는 걸 느낄 수 있었다.

——적의를 드러내지 않는 것만 해도 다행이지.

지금까지 〈마왕〉에 대한 공포를 퍼뜨려둔 것도 효과가 있었을 것이다. 더 이상 적이 늘어나지 않는 것만 해도 감사했다.

덧붙여 세이렌 소녀는 무사태평하게 정신을 잃은 상태였다.

——**짐**이 걸리적거리는군.

그리고 일단 날려버리긴 했지만 완전히 없앤 건 아니다. '진흙'은 다시 슬금슬금 배로 올라와 자간을 향해 다가왔다.

"라파엘, '진흙'을 불태워."

"알겠다."

이 '진흙'을 주먹으로 공격하는 건 좋은 생각이 아니다. 충격으로 날려버릴 수는 있어도 한 방울이라도 묻으면 방금 같은 꼴이 된다.

라파엘의 성검이 훨씬 더 유리하다.

명령을 받은 라파엘은 정화의 불꽃을 불러냈다. 주먹으로 충격을 가해도 다 날려버리지 못한 '진흙'이 순식간에 불타 사라졌다.

하지만 '진흙'은 불에 탄 부분부터 한층 더 그 질량을 늘려갔다.

——막을 순 있어도 완전히 없애는 건 불가능한가.

성검 12자루가 다 모인다면 어떻게 할 수 있을지 모르지만 라파엘 혼자 처리할 수 있는 양이 아니다.

침몰하는 배 위에서 자간은 궁지에 몰려 있었다.

자간은 세이렌 소녀를 갑판에 눕힌 다음 주먹에 마술을 싣는다.

——〈천린(天鱗)〉이라면 이 녀석에게도 통할 텐데…….

그러나 '진흙'의 총량은 이미 배를 상회하려 하고 있다. 게다가 그 마술은 아직 미완성이다.

과연 현재 자간이 가진 힘으로 어디까지 가능할까.

그때였다.

낭랑하게 노래하는 목소리가 울려 퍼졌다.

「——그대는 별처럼 빛나는 자. 천칭을 들고 선악을 중재하는 자——.」

그것은 네피의 목소리와 비슷했다.

——하지만 네피가 아니야.

퍼뜩 밤하늘을 올려다보니 네프테로스가 노래하고 있었다.

황금색 달을 등지고 손에 가슴을 올린 채, 사랑하는 사람을 찬양하는 것처럼.

무척이나 맑고 깨끗한 노랫소리.

네피를 상대로 악의를 드러냈을 때와는 전혀 다른, 성스럽기까지 한 모습.

그래, 시가(詩歌)다.

마술처럼 계산된 술식이 아니다.

인간이 아닌 존재에게 기도하는 소망의 노래다.

마술과는 확연히 다른 구조로 이루어진 문구.

그리고 그 노래는 '진흙'의 마력에 뒤지지 않는 거대한 힘을 자아내고 있었다.

한 소절이 끝날 때마다 반딧불이 같은 빛이 일렁이며 소녀의 몸을 감싸고 춤춘다. 그 빛은 밤의 장막에 아로새겨진 무수한 별처럼 보였다.

「——허나 천칭은 부서졌다. 질서는 사라지고 대지는 붉은빛으로 물들리라. 고로 이는 벌이자 속죄를 위한 용서의 철퇴이니라.」

무수한 별 같은 빛이 방향을 바꿔 '진흙'을 공격하기 시작한다.

마술의 불과 천둥으로도, 심지어 자간의 주먹으로도 파괴하지 못했던 '진흙'이 눈 녹듯이 사라진다. 라파엘의 정화의 불꽃과도 비슷했지만 힘은 그것을 훨씬 능가했다.

——그나저나 한탄하는 것 같은 이 소리는…….

엄청난 힘을 쏟아내고 있는데도 노래 자체는 듣고 있기만 해도 가슴이 찢어질 것처럼 슬픈 선율을 자아내고 있었다.

그리고 깨달았다.

——네프테로스의 감정이 그대로 전해지고 있는 건가?

근거는 없다.

그렇지만 이 노랫소리를 듣고 있으면 왠지 네피에게 상처를 줬을 때의 그 옆모습이 떠오르는 것이었다.

"아니야……. 네피가 아니야."

그것은 학대를 당하던 때의 네피와 그 모습을 보고 가슴 아파하는 소녀의 모습이었다.

도와주고 싶었는데 그 소녀 때문에 자신이 있을 곳을 잃어버리고 말았다.

그 가여운 소녀의 기억이 노래와 함께 흘러들어온다.

——왜 이런 기억이……?

바로 옆에 있는 라파엘도 머리를 흔들며 곤혹스러운 표정을 짓는 게 보였다. 자간에게만 보이는 게 아니라 이 노래를 듣고 있는 사람, 모두에게 보이고 있는 것 같다.

그 사실을 깨닫지 못했는지 비프론스가 웃는다.

어디서 꺼냈는지, 그의 손에는 와인을 따른 잔이 들려 있었다.

"어때, 아름답지 않아? 이게 바로 그 옛날에 하이 엘프만이 사용했다는 신령 마법의 빛이다. 마신조차 물리친 신들의 힘이지."

비프론스는 자신의 연구 성과에 취해 축배를 들었다.

그리고 그러는 동안에도 네프테로스의 노래는 종국을 향해 치닫고 있었다.

「——하늘의 빛은 모두 별. 널리 빛나며 떨어지는 겁화(劫火). 자비도 한탄도 없이 받은 심판 그대로 사라지자. 이는 속죄의 기도

——아스텔 에크리크시스(파멸의 유성)!」

네프테로스의 몸에서 빛의 입자가 넘쳐흐르고 그것들은 모두 유성우처럼 '진흙'을 향해 쏟아졌다.

'진흙'을 꿰뚫어 안쪽에서부터 불사르는 파멸의 빛.

"이것이, 신령 마법……."

비프론스가 3백 년이라는 세월을 들여 되살려낸 다음 네프테로스라는 하이 엘프에게 준 신들의 힘. 〈마왕〉 중에서도 전투에 특화된 자간도 미치지 못하는 파괴력을 가진 힘이었다.

'진흙'을 불사르는 별빛은 한데 모여 부풀어 오른다.

——폭발하는 건가?

이렇게 거대한 마력이 파괴로 전환되면 여객선의 잔해는 말할 것도 없고 호수 자체가 날아갈지도 모른다.

"——쳇, 물러나라, 라파엘."

자간은 라파엘과 세이렌 소녀를 안아 들고 하늘로 도망친 다음 네피와 다른 사람들을 감싸듯 자세를 취했다.

하지만 자간이 경계한 파괴는 찾아오지 않았다.

"어라……?"

그렇게 중얼거린 사람은 누구였을까.

부풀어 오른 빛이 갑자기 소멸한 것이다.

똑, 붉은 물방울이 얼굴에 떨어졌다.

"어째, 서……?"

붉은 물방울은 네프테로스의 몸에서 떨어지고 있었다.

갈색 피부를 심홍빛으로 적시며 입과 눈에서 눈물처럼 흐르고 있었다. 그 누구보다도 네프테로스가 믿을 수 없다는 표정을 짓고 있었다.

"피……?"

자간이 그 사실을 깨닫는 것과 동시에 네프테로스는 달에서 떨어졌다.

당혹과 실의로 물든 소녀의 황금색 눈동자와 눈이 마주친 것 같았다.

"아……."

그녀를 받으려고 했는지 네피가 손을 내밀었다. 하지만 그 손은 아슬아슬하게 닿지 않았다.

쿵 하는 묵직한 소리와 함께 소녀는 가라앉아가는 배에 내동댕이쳐졌다.

기울어진 갑판에 붉은 피가 번졌다.

너무나도 갑작스러운 종막에 비프론스는 어쩔 수 없다는 한숨을 쉬었다.

"아~아, 마력의 크기를 몸이 감당하지 못한 모양이야."

네프테로스를 향한 위로나 동정이라고는 조금도 찾아볼 수 없는 목소리다.

하지만 네프테로스는 아직 살아 있었다.

은색 머리를 새빨갛게 물들인 채, 안간힘을 다해 고개를 든다.

"비프, 론스……님……."

주인을 향해 매달리듯 손을 뻗었지만 비프론스는 그런 모습은 눈에 들어오지도 않는다는 듯 고개를 옆으로 흔들었다.

"고생해서 가르쳤는데. 이번에도 실패작인가."

네프테로스의 얼굴이 실망으로 일그러진다.

그리고 한때 파괴되었던 '진흙'이 네프테로스를 향해 모이기 시작했다.

"어이! 저 녀석, 잡아먹히고 있어."

"뭐, 어쩔 수 없지. 우리가 가까이 다가가면 이번에는 〈마왕의 각인〉까지 먹히게 될지도 모르고, 그렇게 되면 아무리 〈마왕〉이라고 해도 수습하지 못하게 돼."

버린다——그 선고에 네프테로스는 통곡했다.

"어떻, 게……, 비프, 론스, 님……아……아아아아."

'진흙'은 이미 그녀의 허리까지 집어삼킨 상태였다.

비프론스는 지루한 연극이라도 본 것처럼 한숨을 흘렸다.

"아~, 저 정도까지 흡수당하면 더는 방법이 없어. 성검의 불로도 '진흙'만 불태우는 건 불가능하고. 이번에는 그 성검의 힘을 파악한 게 가장 큰 수확이었다고 해야 하나? 아하하."

자간이 신음을 흘린다.

이제야 알았다. 〈마왕〉이 야회라니, 어울리지 않게 무슨 풍류를 찾나 했더니 이 모든 게 다 필요해서 벌인 일이었던 것이다.

장소가 이곳인 것도, 자간을 초대한 것도, 네피와 샤스틸을 동행하게 한 것도.

이 마신과 신령 마법의 힘을 시험하기 위해 필요했던 것이다.

비프론스는 마치 남 일처럼 말하더니 네프테로스를 향해 웃어 보였다.

"그럼 잘 가라, 네프테로스. 넌 실패만 했지만 너에게 실망은 하지 않았어. 연구라는 건 원래 실패가 쌓여서 발전하는 것이니까. 다음엔 좀 더 잘해야지."

사람은 진정으로 절망했을 때, 이런 얼굴을 하게 된다는 걸 자간은 처음 알았다.

희망을 모르는 사람은 절망조차 하지 않는다.

처음 만났을 때의 네피는 희망을 가지고 있지 않았다. 그러니 절망할 일도 없었을 것이다.

네프테로스의 눈동자에서 모든 빛이 사라지고 그 눈동자까지 '진흙'에 집어삼켜진다.

콰직 하고 뭔가가 찌그러지는 소리만이 남았다.

비프론스는 그 모습을 끝까지 지켜본 후 자간을 향해 말했다.

"그럼 난 이만 가보지. 아, 맞다, 저기 있는 '진흙'은 〈각인〉의 마력에 반응했을 뿐인 망령 같은 거니까 걱정하지 않아도 아침이 되면 알아서 사라질 거야."

일방적으로 그렇게 말하더니 비프론스의 모습은 먼지가 되어 사라지기 시작했다.

전이 마술을 사용한 모양이다.

그 모습을 본 다른 마술사들도 도망치려 했지만 비프론스의 결계는 아직 풀리지 않았는지 이번에도 되밀려 돌아왔다.

"무, 무슨 짓이냐, 〈마왕〉! 어서 결계를 풀어! 우리를 놓아달라고!"

"원래 실패의 기억은 인멸하고 싶어지는 법 아닌가? 나도 실패 〈마왕〉이라 불리면 상처를 받으니까 그냥 여기서 가여운 네프테로스와 운명을 함께해주라고. 응? 아하하하하."

아침이 되면 '진흙'은 사라진다고 했다.

하지만 그때까지 살아남을 수 있는 마술사가 과연 있을까.

추악한 〈마왕〉의 모습에 자간의 머리는 차갑게 식었다.

그리고 조용히 중얼거렸다.

"……마음에 안 들어."

"뭐가 말이지? 설마 저 실패작을 도와주지 않은 걸 용서할 수 없다는 말은 아니겠지?"

비프론스의 말은 틀리지 않았다.

원래 마술사는 이렇게 구원의 여지도 없이 추악한 생물이기 때문이다.

그래도 자간은 말한다.

"절대 가만히 두지 않겠다."

그렇게 말하자 비프론스는 어리둥절해서 눈을 깜빡이더니 웃음을 터뜨렸다.

"아하하, 그거 마음에 드는군! 그날을 고대하고 있지——여기서 살아 돌아갈 수 있다면 말이야."

기분 나쁜 웃음소리를 남기고 비프론스의 모습은 사라졌다.

그 뒤에는 도망칠 곳 없는 지옥만이 남아 있을 뿐이었다.

◇

네프테로스를 삼킨 '진흙'은 형태를 바꾸려 하고 있었다.

――인간의 모습으로 변하려는 건가……?

소녀의 절망을 그대로 형상화한 것처럼 인간 여인의 모습으로 변해간다. 뾰족하게 생긴 귀는 엘프의 귀다.

하지만 그것은 무시무시할 정도로 거대했다.

수면 밖으로 나와 있는 건 상반신뿐이지만 배의 잔해가 장난감처럼 보일 정도로 거구였다.

네피가 자간의 로브 자락을 꽉 잡았다.

"자간 님……."

입술을 꽉 깨물고 떨리는 목소리로 호소한다.

"무리인 줄 알지만 꼭 부탁드리고 싶은 게 있어요."

"……뭔지 말해봐."

네피는 눈물까지 글썽이며 말했다.

"저 사람을, 네프테로스를, 도와주실 수 없을까요?"

자간은 눈썹을 치켜떴다.

"저 녀석 때문에 호되게 고생하지 않았나?"

애당초 저 상태로 살아는 있는 걸까. 설사 자아가 남아 있다 해도 살아 돌아올 수 있을까.

무엇보다 저 '진흙'에는 마술이 통하지 않는다.

그런 건 알고 있을 텐데도 네피는 가슴에 손을 올리고 말했다.

"……저 사람의 노래, 굉장히 아름다웠어요. 아주 올곧고 맑고 투명해요. 그런 목소리로 노래를 할 수 있다니, 사실은 순수한 사람이 아니었을까요?"

아까 노래와 함께 흘러들어온 것은 역시 네프테로스의 기억이었을 것이다. 그리고 네피에게도 보였으리라.

저 아래에서 날뛰고 있는 괴물을 내려다본다.

"그런데 저런 모습을 하게 되어서 울고 있는 것 같아요. 이건 너무해요."

네피는 서툰 말을 더듬더듬 찾아 헤매듯 말을 이어간다.

"저 사람은 저와 똑같아요. 저는 자간 님께서 구해주셨지만 저 사람은 그러지 못했죠. 구원 받지 못한 저라고요. 그러니까……."

자간은 네피의 머리카락을 마구 흐트러뜨렸다.

"그만 됐다. 알겠어."

하지만 자간은 고개를 옆으로 가로젓는 것 말고는 아무것도 할 수 없었다.

"네 마음은 잘 알겠지만 나 혼자서는 저걸 어떻게 할 수 없다."

주먹을 휘둘렀다가는 자간까지 먹힐 수도 있다. 〈천린〉이라면 효과가 있을지도 모르지만 저 덩치를 한 번에 불태울 수 있는가 하면 고개를 갸웃거리지 않을 수 없었다.

〈마왕의 각인〉을 사용하면 가능할지도 모르지만 마신의 잔재인 저 '진흙' 앞에서 〈각인〉을 사용하면 어떻게 될지 모른다.

즉, 자간의 힘으로는 어떻게 할 도리가 없었다.

네피는 귀를 축 늘어뜨린 채 고개를 숙인다.

"……죄송, 해요. 무리한 부탁을 드려서."

"그렇지만——."

네피의 말을 가로막듯 자간의 말이 이어진다.

"라파엘, 네 성검이라면 어느 정도는 통하는 것 같던데."

그쪽으로 고개를 돌리자 투구를 벗은 라파엘은 충실하게 고개를 끄덕였다.

"그러하다. 내 왕의 명령이라면 그 어떤 일이라도 하지."

"음."

다음으로 그의 시선이 향한 곳은 포레였다.

"포레, 네 브레스라면 저 '진흙'을 불태울 수 있나?"

"……시험해보지 않으면 몰라. 그래도 아마 가능할 거야. 브레스는 마술이 아니니까."

그런 다음 샤스틸을 바라본다.

"샤스틸, 마술사에게 은혜를 베풀기에 딱 좋은 기회 아닌가?"

"으, 은혜를 베풀고 어쩌고 할 것도 없이 난 싸울 거야. 그렇지만 검이……."

비무장 상태로 네피에게 매달려 있는 샤스틸의 표정이 어두워진다.

자간은 비웃듯이 말했다.

"발바로스. 따라온 거 다 알아. 성검은 무사하지?"

"어……?"

샤스틸이 어리둥절해서 중얼거리는 것과 동시에 그녀의 드레스가 만들어낸 '그림자'에서 슥 하고 음울한 얼굴이 튀어나왔다.

"난 심부름꾼이 아니라고 했잖아."

"아앗, 너, 어디로 나오는 거야!"

발바로스가 드레스 틈 사이로 나오자 샤스틸은 얼굴이 새빨개져서 드레스 자락을 꽉 눌렀다.

——그래도 역시 따라왔군.

이 남자는 〈마왕〉에게 무시당하고도 가만히 있을 만큼 행실 좋은 마술사가 되지 못했다.

모습을 보인 발바로스는 분명히 성검을 들고 있었다.

"자."

"……다, 당신, 언제부터 내 드레슈에 숨어 있었던 거야!"

성검을 건네받으면서도 얼마나 동요했는지 말까지 꼬인 샤스틸은 더 놀라고 말았다.

발바로스는 어딘가 묘한 표정을 지었다.

"당연히 처음부터지. 아, 걱정은 하지 마. 난 연상에게만 관심이 있거든, 아얏."

샤스틸은 눈물을 글썽거리며 발바로스의 뺨을 때렸다.

"이……."

"조용히 해, 발바로스. 방금 그건 네가 잘못한 거다."

그리고 마지막으로 네피를 바라본다.

"자, 네피. 이 녀석들은 도와주겠다고 한다. 넌 어떠냐? 정말로 네게 상처를 준 사람을 위해 싸울 수 있겠어?"

네피는 감청색 눈을 반짝이며 힘주어 고개를 끄덕였다.

"네!"

자간은 줄곧 안아 들고 있던 세이렌 소녀를 네피에게 맡겼다. 이런 짐을 든 채로는 싸우지 못한다.

그런 다음 발바로스를 향해 돌아섰다.

"발바로스, 다른 사람들의 발밑을 **부탁한다**."

"나한테 명령하지——……, 엥? 방금, 뭐라고 했냐?"

"……? 내가 이상한 말이라도 했나?"

발바로스는 믿을 수 없다는 얼굴로 중얼거렸다.

"부탁하다니, 네가, 나한테?"

"글쎄, 잘못 들은 게 아닐까?"

자간은 저 아래에서 배회하는 '진흙의 마신'을 내려다봤다.

"그럼 괴물을 퇴치하러 가볼까."

퇴치하는 김에 놈에게 붙잡힌 가여운 공주님도 구출한다.

——음, '의지'할 수 있다는 건 의외로 나쁘지 않은 건지도 모르겠군.

샤스틸은 자신에게 의지해달라고 했다. 자간은 이미 네피를 의지하고 있다고도 했다.

분명 틀린 말은 아닐 것이다.

자간 혼자서는 이만한 힘을 얻지 못했을 테니 말이다.

◇

「후우우우——.」

제일 먼저 공격한 사람은 포레였다.

숨을 크게 들이마시자 눈앞으로 몇 겹이나 되는 마법진이 펼쳐진다.

그 순간 용의 입김이 토해진다.

마술로 증폭된 용의 입김은 눈앞이 보이지 않을 만큼 밝은 섬광이 되어 '진흙의 마신'을 관통했다.

몸통에 커다란 구멍이 뚫린 '진흙의 마신'은 갑자기 자세가 흐트러지며 쓰러졌다.

"……효과가 있어."

"잘했다. 그대로 계속 엄호해."

열심히 한 딸을 칭찬해준 자간은 호수를 향해 뛰어내렸다. 마침 쓰러진 '진흙의 마신'의 바로 앞에 배의 파편이 떠 있었다. 주먹으로 배를 파괴한 건 괜찮은 생각이었던 것 같다. 그것 말고도 발판으로 삼을 수 있을 만한 커다란 나뭇조각들이 몇 개나 떠 있었다.

가까운 곳에서 보니 머리 하나만 해도 웬만한 저택만 했다.

——아무리 괴물이라도 네피를 닮은 얼굴을 때리는 건 영 내키지 않는군.

그래서 우선 그 얼굴을 보지 않아도 되도록 했다.

"뭘 먹으면 그렇게 뚱뚱해지는 거냐?"
도발적으로 웃는 자간의 오른손에는 이미 마법진이 떠올라 있었다.
몇 천 개나 되는 회로로 이루어진 마법진은 자간뿐만 아니라 그 주위, 그리고 '진흙의 마신'의 마력까지 흡수하며 그 빛을 더했다.
"모두 불태워라——〈천린〉!"
늪 속에 손을 집어넣은 것 같은 무딘 감촉.
마치 타르처럼 '진흙'이 주먹에 들러붙는다.
"실패한 건가?"
공중으로 도망치려고 우왕좌왕하는 마술사들 중 누군가가 중얼거렸다.
"——아니, 성공했어."
그 직후, 검은 불이 솟구쳤다.
자간의 주먹에서 흘러나온 그것은 '진흙의 마신'의 얼굴을 파괴, 그 파편을 먹물처럼 번지며 불태워간다.
물방울 하나 남기지 않고 불태우는 〈천린〉에 맞으면 아까처럼 '진흙'을 끼얹지도 못한다.
그리고 파괴는 머리에만 그치지 않고 가슴의 절반까지 붕괴시켰다.
발바로스가 어안이 벙벙해져서 입을 열었다.
"……어이, 도대체 몇 개나 되는 회로를 집어넣은 거냐?"
전에 발바로스에게 보여줬을 때, 〈천린〉에 짜 넣은 회로는 2천 개 정도였다.

그런데 지금은 그 두 배에 상당하는 4천 개가 들어 있었다.

――하지만 이걸로도 부족해.

'진흙의 마신'을 불태운 검은 불은 머지않아 그 기세가 약해져 '진흙'에게 밀리기 시작했다.

평범한 '진흙'이었을 때보다 재생이 더 빨라졌다.

다크 엘프라는 형상을 얻게 되면서 '진흙'은 방향성을 부여받게 된 것 같았다. 임무를 위해 움직이는 '진흙'은 아무 목적 없이 퍼지는 진흙탕보다 훨씬 효율적으로 작용하게 된다.

하지만 자간은 보았다.

"네프테로스."

부서진 가슴 안쪽에서 가여운 다크 엘프의 상반신이 보였던 것이다.

이름을 부르자 소녀의 귀가 움찔 떨렸다.

――살아 있는 건가?

하지만 그 모습이 보인 건 한순간 뿐, 이내 '진흙'에 집어삼켜져 더 이상 보이지 않게 되었다.

"어이, 위험해, 자간!"

그리고 재생하는 '진흙'은 자간까지 집어삼키기 위해 밀려들어 왔다.

"빛나라――성검 〈아즈라엘〉!"

바로 그 순간 자간의 앞으로 뛰어 들어온 사람은 바로 샤스틸이었다.

성검을 검집에 넣은 채로 소리치자 그 사이로 정화의 빛이 흘러나온다.

"야압!"

그 검은 가로로 길게 휘둘러지는 빛처럼 보였다.

하지만 자간의 눈에 비친 것은 그물코처럼 생긴 무수한 검섬(劍閃)이었다.

단 한 번 휘두른 것처럼 보였지만 이 소녀는 눈을 한 번 감았다가 뜰 정도의 짧은 순간에 두 자릿수에 달하는 참격을 휘두른 것이었다.

성기사가 가진 힘의 가장 중요한 요소인 세례 갑옷도 없이 이 정도 실력.

——그런데 왜 평소에는 그렇게 맹할까.

아무리 생각해도 이상하다.

자간을 향해 다가오던 '진흙'은 주사위 모양으로 깔끔한 절단면을 보이며 와르르 무너져 내렸다.

위력과 속도는 눈을 커다랗게 뜰 만큼 대단하지만 라파엘의 불처럼 범위가 넓지는 않았다. '진흙'은 즉시 재생하듯 한데 모이려 했지만——.

"모두 베어라——성검 〈메타트론〉!"

그때에는 이미 라파엘이 당도해 있었다.

샤스틸의 빛에 의해 작게 잘린 그것은 눈 깜짝할 사이에 라파엘의 불에 의해 불탔다.

견디다 못한 '진흙의 마신'은 몸을 뒤로 젖히며 배의 잔해에서 떨어졌다.

──성검이 두 자루나 한자리에 있으니 제법 듬직하군.

이들이 적이라면 어땠을지 생각하니 소름이 돋았지만 지금은 같은 편이다.

그래도 '진흙의 마신'이 타격을 받은 것처럼 보이지는 않았다.

〈마왕〉의 일격에 성검 두 자루의 참격, 거기에 용의 입김까지 받았지만 크기도 여전하고 재생력이 떨어진 것처럼 보이지도 않았다.

그래서 더 자간은 대담하게 웃었다.

──〈마왕〉이라면 이럴 때야말로 오만하게 굴어야 하는 법.

그리고 큰 소리로 외친다.

"'진흙'을 떼어내라! 안에 있는 엘프는 아직 살아 있다!"

제일 처음 공격당했던 마술사는 즉시 먹혀서 사라졌지만 네프테로스는 아직 몸이 남아 있었다.

이는 마력 총량의 차이일까, 아니면 하이 엘프라는 종에 어떤 저항력이 있기 때문일까. 그건 모르지만 살아 있다면 구할 수 있을지도 모른다.

──네프테로스를 떼어내면 '진흙'의 증식도 멈출 거다.

하지만 네프테로스라는 형상을 손에 넣은 '진흙의 마신'이 계속 아무 저항 없이 있을 리 없었다.

재생된 머리가 쩍 하고 입을 벌린다.

"뭔가 온다!"

입김일까, 아니면 불이라도 내뿜으려는 걸까, 주문 같은 영창일지도 모른다.

충분할 만큼 경계했는데도 그곳에서 나온 건 예상치 못한 공격이었다.

「아아아아아아아아아아아아아아아아아아아아아아아아아아아아아!」

절규였다.

"윽, 으으?"

'진흙의 마신'이 내지른 것은 머리가 깨질 것 같은 비명이었다.

수면에 세찬 파도가 일고 배의 잔해가 산산이 부서진다. 수면에 떠 있던 랜턴이 허무하게 부서져 흩어졌다.

자간도 버티지 못하고 무릎을 꿇고 샤스틸과 라파엘의 성검도 빛을 잃었다.

"샤스틸!"

성기사 소녀는 자간을 감싸듯 서 있었다. 그리고 그 대신 그 비명을 정통으로 맞고 말았다.

반쯤 의식을 잃고 쓰러진다.

"쳇, 하여간에 손이 많이 가는 녀석이라니까!"

그런 샤스틸을 받아낸 사람은 의외로 발바로스였다.

샤스틸도 즉시 의식을 되찾았는지 머리를 흔든다.

"……, 괘, 괜찮, 아."

"아니, 괜찮아 보이지 않는데?"

가만히 보니 샤스틸의 귀에서는 피가 흐르고 있었다.

고막이 찢어졌는지도 모른다.

"발바로스, 샤스틸의 치료를 부탁한다. 라파엘, 아직 더 할 수 있지?"

"어리석은 질문이다!"

세례 갑옷을 걸치고 있던 라파엘은 경상인 것 같았다. 듬직하게 고개를 끄덕이더니 다시 성검을 들고 자세를 잡는다.

자간은 라파엘과 함께 다시 '진흙의 마신'을 향해서 달렸다.

"……나 치유 마술은 자신 없는데."

발바로스는 투덜거리면서도 전선과 떨어진 곳으로 가서 샤스틸을 치료했다.

'진흙의 마신'이 입을 연다.

다시 '절규'할 생각인 것이다.

"——그렇게는 안 되지!"

그런 '진흙의 마신'의 머리를 용의 입김이 꿰뚫는다.

하지만 포레의 일격은 성검과 '천린'처럼 '진흙'을 불태우는 힘이 아니다.

흩어진 '진흙'은 공중에서 방향을 바꿔 포레를 향해 쏟아졌다.

"——!"

"포레!"

자간이 외치자 용 소녀의 앞에 검은 바람이 불었다.

그리고——

「우오오오오오오오오오오오오오오오오!」

'절규'에 대한 답례라도 되듯 짐승의 포효가 울려 퍼진다.
포효는 충격을 낳아 '진흙'의 비말(飛沫)을 흩뿌렸다.
「크르르르……」
그것은 한 마리 사자였다.
비유가 아니라 네 발로 땅을 박차는 동물, 사자다. 그 사자가 포레를 지키듯 허공에 떠 있었다.
검은 사자의 황금색 눈동자가 포레를 향한다.
"괜찮으십니까, 자간 씨의 따님."
"……키메리에스?"
그 목소리는 분명 〈흑인〉 키메리에스의 것이었다.
이 사자가 원래의 모습인 모양이다.
그 사자의 등에 커다란 낫을 든 요염한 미녀가 내려섰다. 화려한 금발 사이로 구부러진 산양의 뿔처럼 생긴 것이 솟아 있었다.

"히히히, 마술은 통하지 않는 것 같지만 내 〈발로르의 마안〉은 어떠냐?"

미녀의 눈동자가 으스스한 보라색으로 빛나자 '진흙의 마신'의 표면이 잿빛으로 물들었다.
"눈에 비친 것을 먼지로 만드는 마안인가!"
자간도 문헌에서 본 적은 있지만 마술이 아니라 일부 종족이 가진 능력이다. 용이 입김을 내뿜는 것과 똑같다고 할 수 있다.
포레가 깜짝 놀라 눈을 깜빡였다.

"……누구?"

"이런, 아까 인사를 했을 텐데? 고메리다."

요염한 미소를 짓더니 포레의 턱을 손가락으로 슥 만졌다.

아까 본 노파의 모습에서는 상상조차 하기 힘든 젊은 모습이었지만 그녀가 〈요부〉 고메리인 모양이다.

"너희들……."

자간이 어이가 없다는 듯이 중얼거리자 고메리는 거만하게 말했다.

"아무리 생각해도 지금은 자간을 도와주는 게 좋을 것 같더군. 그래서 내 마음대로 함께 싸우기로 한 거다."

고메리의 말에 검은 사자도 고개를 끄덕였다.

"저 엘프 소녀를 구해내면 되는 거죠? 미력하나마 저희도 협력하겠습니다."

게다가, 하고 고메리가 큰 낫을 짊어지고 내뱉듯이 말했다.

"비프론스가 하는 짓을 보니 참을 수가 있어야지. 그 녀석이 싫어한다면 무슨 짓이든 할 것이야."

다른 마술사들도 각각 '진흙의 마신'을 향해 공격을 퍼붓기 시작하고 있었다.

그런 광경을 보면서 발바로스도 샤스틸을 치료하고 있었다.

"이제 잘 들리지?"

그가 귀를 치료해주자 샤스틸은 의외라는 듯 떨떠름한 얼굴로 그를 올려다봤다.

“어, 어째서 당신이 나를 도와주는 거지……?”

“네가 죽으면 보수를 못 받으니까 그렇지.”

아마도 그게 본심이겠지만 샤스틸은 부끄러운 듯이 고개를 숙였다.

“당신을, 좀 오해했던 것 같아. 좀 더, 경멸스러운 남자인 줄 알았는데.”

“뭐? 마술사는 원래 그런 인간이야.”

발바로스는 의아한 표정을 지었지만 샤스틸은 머리를 흔들며 자신의 발로 섰다.

“치료는 충분해. ……그리고 아까는 때려서 미안했다.”

“……뭐?”

아연실색한 발바로스를 두고 샤스틸은 다시 ‘진흙의 마신’을 향해 달렸다.

이곳에서 싸울 수 있는 모든 사람들이 자간의 뒤를 따랐다.

――하지만 아직 부족해.

‘진흙의 마신’의 움직임을 막을 수는 있어도 파괴하지는 못한다. 호수 밖으로 나와 있는 상반신조차 처리하지 못하고 있었다.

아무래도 결정타가 부족했다.

◇

네피는 세이렌 소녀를 끌어안고서 전선에서 한 발 떨어진 곳에 있었다.

——내가, 할 수 있는 일…….

자간은 네프테로스를 구해달라는 네피의 부탁을 들어주었다.

하지만 그는 혼자서는 구해낼 수 없다고 말했다. 그러니 함께 싸우지 않겠느냐고 했다.

자간을 위해, 그리고 자신의 소망을 위해 싸워야만 한다.

그러나 어떻게 하면 좋을지 알 수 없었다.

——자간 님에게 배운 마술은 사용하지 못해.

다른 마술사가 사용한 마술이 '진흙'에 먹히는 모습은 네피도 보았다.

하이 엘프라 불린 자신의 마력이 제법 강하다는 것 정도는 이해하고 있다. 하지만 잘못해서 놈에게 마술을 흡수당하게 되면 다른 사람들의 발목만 잡는 셈이 된다.

"그렇다면 어떻게 해야……."

입 밖으로 내어 중얼거리자 품 안에 있던 세이렌 소녀가 움찔 몸을 움직였다.

눈을 뜬 모양이다.

"에, 앗? 뭐, 뭐지, 이건?"

아직 상황을 파악하지 못했는지 어리둥절한 표정을 지었다.

"다친 곳은 없나요?"

네피가 말을 건네자 소녀는 창백하게 질려서 떨기 시작했다.

"히익, 죄송합니다, 용서해주세요! 전 악단에 소속된 한낱 가수라 아무것도 몰라요!"

네피가 화를 내고 있는 것처럼 보였던 모양이다.

뺨을 만져본다.

——역시 내 표정이 딱딱한 걸까……?

최근, 아니, 자간과 만나게 된 이후로 알게 된 사람들은 모두 네피가 하려는 말이나 생각을 잘 헤아려주는 사람들뿐이었다.

그래서 이제 자신도 제대로 웃을 수 있게 되었다고 생각했는데 이 소녀의 반응을 보니 기분 탓이었던 것 같다.

그런 자신에게 낙담하다가 세이렌 소녀가 겁에 질려 있는 모습을 보고 머리를 흔들었다.

"내 뒤에 숨어 있으세요. 아직 안전한 게 아니거든요."

"에……? 히익, 하늘을 날고 있어?"

네피의 발밑에는 마법진이 떠올라 있었다.

얼핏 보면 실체가 없는 평범한 빛으로 보이지만 발을 내딛으면 썩 미덥지 않은 발판을 디딘 듯한 느낌이 난다. 만약 하늘을 나는 양탄자가 있다면 딱 이런 느낌이 아닐까.

마음대로 움직이지도 못하는 서툰 마술이지만 네피가 만들어준 발판이었다.

세이렌 소녀는 머뭇머뭇 발……, 이라기보다는 꼬리를 내리고 네피의 뒤로 돌아 들어갔다.

그리고 싸우는 사람들을 바라봤다.

역시 제일 강력한 것은 자간의 주먹이었다.

그 일격이 '진흙의 마신'의 한쪽 팔을 날렸지만 금방 재생되었다. 라파엘과 샤스틸, 다른 마술사들도 공격을 퍼부었지만 결정타가 부족했다.
만약 '진흙의 마신'의 마력이 다한다면 재생이 멈출지도 모르지만, 그때 네프테로스는 더 이상 살아 있지 않을 것이다.
세이렌 소녀가 숨을 삼킨다.
"와아아……. 저 사람들, 싸워주고 있는 거죠? 이길 수 있을까요?"
"……이길 겁니다. 자간 님이라면 반드시."
문제는 네피가 무엇을 할 수 있나 하는 것이다.
세이렌 소녀가 안절부절 가만히 있지 못하고 외쳤다.
"힘내세요! 힘내세요, 〈마왕〉님! 아, 노래를 부를까요? 파이팅, 파이팅, 마, 왕, 님!"
"——거 참, 시끄럽군!"
자간이 노성을 지르자 세이렌 소녀는 잔뜩 풀이 죽었다.
"너무하세요. 난 그냥 응원한 것뿐인데……."
"노래를 부른 건 별로 좋은 생각이 아니었던 것 같아요……."
"그렇지만 전 가수라서 노래 말고는 할 수 있는 게 없는 걸요."
"노래한다……."
그 말이 왠지 마음에 걸렸다.
——저 사람의 노래는 힘을 가지고 있었어.
신령 마법——〈마왕〉 비프론스가 되살렸다는 고대의 힘이다.
그 〈마왕〉의 힘이 사실이라면 네피도 사용할 수 있을 것이다.
——그렇지만 어떻게 하면 되지?
그냥 흉내만 내도 사용할 수 있다면 네프테로스도 저렇게 쓰러지지는 않았을 것이다. 비프론스 역시 몇 백 년이나 연구할 필요는 없었을 테고.

세이렌 소녀가 머뭇거리며 네피를 올려다본다.

“저기, 제가, 무례한 말이라도 했나요?”

“아뇨……. 저, 노래라는 건, 어떻게 부르면 되는 건가 해서요.”

이 소녀도 마법을 다루는 방법에 대한 질문을 받으면 뭐라 대답해야 할지 모를 것이다.

하지만 그런 네피의 중얼거림에 세이렌 소녀는 쿡 웃었다.

“하하, 그런 건 간단해요.”

“네……?”

“기술적인 건 차치하더라도, 결국 중요한 것은 마음이거든요. 자신의 욕구나 소망, 또는 다른 누군가를 위한 것이라도 상관없어요. 어쨌든 마음을 담아 부르면 노래라는 건 상대방에게 전해지는 법이에요. 오히려 마음이 담겨 있지 않으면 아무리 기술적으로 뛰어나도 2류에 머물 뿐이고요.”

세이렌 소녀는 그렇게 말하더니 네피의 손을 잡았다.

“방금 전에는 야단만 맞았지만 우리 함께 노래로 응원하는 거예요! 파이팅, 파이팅, 마, 왕, 님!”

분명 이 소녀는 깊이 생각하지 않고 한 말일 것이다.

그렇지만 네피에게는 그 말이 정답처럼 들렸다.

――마음을, 담는다…….

그때, 힘이 다해 떨어지는 네프테로스의 눈을 보았다.

슬퍼 보였다.

분해 보였다.

무엇보다 도움을 구하는 것처럼 보였다.

——처음 만났을 때 본, 자간 님 같았어…….

아니면 자기 자신.

그래서 그냥 둘 수 없었다.

도와주고 싶다.

구해주고 싶다.

그렇게 소망하자 노랫말은 저절로 입에서 흘러나왔다.

「——그대는 별처럼 빛나는 자. 천칭을 들고 선악을 중재하는 자——.」

달을 등진 네피의 몸은 무수한 별빛에 휩싸이기 시작했다.

◇

"쳇, 돌파할 수 없는 건가!"

라파엘이 신음을 흘리며 성검을 휘두른다.

정화의 불도 무한정 사용할 수 있는 건 아니다. 불의 기세도 서서히 쇠퇴해서 '진흙'에게 밀리기 시작하고 있었다.

마술사도 아닌 데다 맨몸 상태인 샤스틸의 소모는 특히나 컸다.

"샤스틸, 넌 그만 물러나!"

"내가 물러나면 누가 당신의 뒤를 지켜줄 수 있다는 거지——?"

용감하게 외쳤지만 그녀의 발밑이 와르르 무너졌다.

배의 잔해를 발판으로 삼아 싸우고 있었는데, 그 발판이 어느 틈에 '진흙'에 침식당했던 것이다.

"꼬랑댕이 머리!"

그런 샤스틸을 포레가 공중으로 들어 올렸지만 '진흙'은 촉수처럼 뻗어와 공격했다.

"포레!"

그때였다.

「——그대는 별처럼 빛나는 자. 천칭을 들고 선악을 중재하는 자——.」

하늘에서 떨어진 무수한 별이 '진흙'의 촉수를 관통했다.

——신령 마법?

네프테로스가 사용한 마법이다.

하지만 그녀는 '진흙'이 집어삼켰다.

그렇다면 이 노래를 부르는 사람은——.

"네피."

새하얀 소녀가 달을 등지고 노래하고 있었다.

맑고 투명한 노랫소리.

그 목소리를 들은 자간은 그제야 납득이 갔다.

——그래, 네피와 네프테로스는 확실히 닮았는지도 모르겠군.

외모나 얼굴 이야기가 아니다.

한결같이 가슴에 울려 퍼지는 이 노랫소리는 자매처럼 똑같은 선율을 가지고 있었다.

그리고 네피가 만들어낸 별빛은 '진흙의 마신'조차 갈가리 찢어 놓았다.

——장기말이 모두 갖추어졌다.

그녀의 노래가 전해지자 확신할 수 있었다.

"샤스틸, 라파엘, 길을 터라!"

자간이 외치며 튀어나가자 '진흙의 마신'은 그를 쥐어 터뜨리려는 것처럼 두 팔을 뻗었다.

"빛나라——성검 〈아즈라엘〉!"

"응답하라——성검 〈메타트론〉!"

좌우에서 달려온 두 성기사장이 '진흙의 마신'의 두 팔을 산산조각 낸다.

그래도 '진흙의 마신'은 입을 벌리고 고함을 지르려 했다.

"——이젠 소용없는 짓이다."

"키히히, 없애라, 〈발로르의 마안〉"

포레가 용의 입김을 내뿜자 거기에 고메리가 마안을 더한다.

'진흙의 마신'의 머리가 깨지고 그 안쪽에 갇혀 있던 다크 엘프 소녀가 갑자기 모습을 드러냈다.

하지만 '진흙'의 복원은 빠르다.

마법진으로 이루어진 발판을 만들어낸 다음 그것을 박차며 공중을 달리는 자간이 주먹이 닿는 거리에 도착하기 전에 재생되고 말 것이다.

"——저를 타세요!"

그런 자간의 발치를 부드러운 털이 살짝 스쳤다.

"키메리에스?"

"돌진합니다!"

검은 사자는 몰아치는 바람처럼 그를 앞질러 갔다.

——아, 〈흑인〉이군.

일단 달리면 활시위를 떠난 화살처럼 꿰뚫고 유린한다. 그 모습은 누구도 막지 못하는 검은 칼처럼 보였다.

「——허나 천칭은 부서졌다. 질서는 사라지고 대지는 붉은빛으로 물들리라. 그대는 한탄하며 하늘을 향해 던져졌다——.」

그리고 네피의 별들이 떨어진다.

인간의 모습을 유지하고 있던 '진흙의 마신'의 상반신이 완전히 붕괴되고 네프테로스의 몸을 뒤덮으려던 '진흙'이 벗겨져 나간다.

하반신은 여전히 갇혀 있었지만 조금만 잡아당기면 꺼낼 수 있을 정도까지 몸이 드러났다.

이제 길은 완전히 뚫렸다.

자간은 오른손 주먹을 꽉 쥔다.

"모두 불태워라——〈천린〉!"

'진흙의 마신'을 향해 주먹을 내리치자 순식간에 검은 불길이 솟구쳤다.

네프테로스가 묻혀 있는 곳은 '진흙의 마신'의 중심이다.

검은 불은 소녀의 몸을 요리조리 피해 이형(異形)의 거구를 쪼개듯 번져간다.

「아……?」

네프테로스는 몸을 움찔 떨더니 황금색 두 눈을 떴다.

"이리 와!"

자간이 손을 내밀었지만——

"자간 씨, 아직입니다!"

키메리에스가 자간이 입은 로브의 목덜미를 물고 잡아끌었다.

그 직후, 네프테로스의 몸에서 '진흙'이 분출되었다.

——이 녀석 자신이 '진흙'의 그릇이 된 건가!

'진흙'이 네프테로스의 모습으로 변한 시점에서 눈치를 챘어야 했다.

간발의 차이로 키메리에스가 잡아당겨준 덕분에 '진흙'은 피할 수 있었지만 소녀의 몸은 다시 '진흙'에 파묻히기 시작했다.

네프테로스의 눈동자에서 새까만 눈물이 흘러내린다.

눈물조차 '진흙'에 침식당한 것이다.

「으아……, 아, 컥, 도와, 줘…….」

비통한 목소리였다.

이런 상태에서도 여전히 자아가 남아 있었다.

키메리에스가 침통하게 중얼거린다.

"자간 씨, 가엽지만, 그녀는 이제……."

외부에서 들이닥치는 것이라면 몰라도 몸의 내부에서 기어 나오는 것을 제거하는 방법 따윈 존재하지 않는다.

——하지만 이 녀석이 네피였다면 나는 이대로 그녀를 버릴 것인가?

대답은 부정.

몸과 마음을 바쳐, 지력과 마력을 끌어모아 죽을 각오로 네피를 구해낼 것이다.

이 소녀는 네피가 아니다. 네피가 아니지만 네피를 닮았고 네피가 구해달라고 부탁한 소녀다.

그러니 버릴 수 없다.

"키메리에스. 여기까지면 충분하다. 넌 도망쳐."

"네……?"

"신부의 부탁도 들어주지 못하는 남자에게 〈마왕〉이라는 이름이 가당키나 해?"

그렇게 말한 자간은 다시 '진흙의 마신'을 향해 달려들었다.

주먹을 쥔다.

"한 번 더——〈천린〉!"

검은 불이 내달리자 소녀의 몸을 감싸는 '진흙'이 벗겨진다.

여기까지는 아까도 성공했다.

하지만 네프테로스의 내부에서 솟구치는 '진흙'은 막지 못한다.

가여운 소녀의 몸에서 다시 '진흙'이 넘쳐흐른다.

"틀렸어. 또……."

키메리에스는 한탄했지만 자간은 왼손도 주먹을 쥐었다.

"관통해라――〈천린〉!"

〈천린〉의 2연속 공격.

그리고 그 왼 주먹은 네프테로스의 가슴을 사정없이 꿰뚫었다.

누군가가 '히익' 하고 숨을 삼키는 소리가 들린다.

「쿨럭…….」

네프테로스가 금색 눈을 활짝 뜨더니 입에서 검은 피 같은 것을 토해냈다.

그녀의 등을 뚫고 나온 자간의 팔은 검은 살덩이를 쥐고 있었다.

마치 살아 있는 것처럼 맥동하는 살덩이, 그것은 심장인 것 같기도 했다.

――이게 바로 본체인가.

살덩이에서 혈관 같은 촉수가 뻗어 나와 자간의 팔을 기어오르려 한다.

"끈질기군."

내뱉듯이 말하자 검은 살덩이는 재가 되어 무너져 내렸다.

그리고 실이 끊어진 인형처럼 소녀의 몸에서 힘이 빠진다.

그런데도 무너져 내린 '진흙'은 사라지지 않았다.

네프테로스을 잃게 되면서 더 이상 인간의 형상은 유지하지 못하게 되었지만 흙탕물처럼 호수로 퍼져 갔다.

이대로 두면 새벽이 되기도 전에 근처 항구 정도는 집어삼켜버릴 것이다.

하지만 자간은 더 이상 그쪽을 보고 있지 않았다.

「——하늘의 빛은 모두 별. 널리 빛나며 떨어지는 겁화(劫火). 자비도 한탄도 없이 받은 심판 그대로 사라지자. 이는 속죄의 기도——아스텔 에크리크시스(파멸의 유성)!」

네피가 자아낸 신령 마법의 빛이 추악한 '진흙'을 집어삼킨다.

폭발처럼 격렬하지는 않지만 타오르듯 선명하고 강렬한 빛의 기둥이 솟아오른다.

빛이 잦아든 후에는 잔잔한 호수만이 펼쳐져 있었다.

〈마왕〉 비프론스가 불러낸 마신의 잔재는 이렇게 사라졌다.

✡ 에필로그

"……분하군."

잠시 후.

호수에는 다시 비프론스의 호화 여객선이 떠 있었다.

부상자도 치료해야 하고 발을 디디고 서 있을 곳도 필요했기 때문에 마술사들이 복원한 것이다.

자간이 갑판 위에 네프테로스를 눕히자 라파엘이 그렇게 중얼거렸다.

'진흙'에 삼켜진 데다 자간의 〈천린〉으로 불에 타서 옷은 하나도 남아 있지 않았기 때문에 자간의 로브로 둘둘 감쌌다.

라파엘의 험악한 두 눈이 슬픔으로 가늘어진다.

"내 검은 단 한 명의 소녀도 구하지 못하는 건가."

자간은 고개를 갸웃거렸다.

아무래도 라파엘은 단단히 오해하고 있는 것 같았다.

그러자 인간의 모습을 한 키메리에스가 고개를 숙였다.

"그 상황에서는 어떻게도 할 수 없었습니다. 자간 씨가 이렇게 하지 않았다면 언젠가 우리도 힘이 다했겠죠."

눈두덩을 누르는 키메리에스의 어깨를 고메리가 툭 쳤다.

"참아, 키메리에스. 제일 괴로울 남자가 견뎌내고 있잖니."

그러면서 연민으로 가득한 눈으로 바라본다.

——이 여자, 이런 표정도 지을 줄 아는군.

그건 의외였지만 어째 이야기가 점점 이상한 방향으로 흐르고 있는 것 같았다.

"어이, 너희들……?"

입을 열려고 하자 네피가 조용히 다가온다.

"자간 님, 감사드려요."

눈물을 참는 것처럼 그렇게 말하더니 네프테로스의 곁에 무릎을 꿇었다.

그리고 재와 진흙으로 더러워진 얼굴을 젖은 손수건으로 닦아주었다.

"그녀는 분명 마지막 순간에 구원 받았다고 생각할 거예요. 그런 괴물의 모습이 아니라 인간의 모습으로 최후를 맞이할 수 있었으니까요."

그 말을 들은 샤스틸이 더는 참지 못하고 오열하기 시작했다.

"이건 너무 잔혹해. 비프론스에게는 인간의 마음이 남아 있지 않은 건가? 그 녀석도 과거에는 인간이었잖아!"

분통을 터뜨리는 샤스틸의 모습을 본 발바로스가 어이없어하며 웃었다.

"무슨 속 편한 말을 하는 거냐. 마술사는 원래 그런 존재다. 그런 점을 자간, 넌 아주 잘 알고 있지. 해야 할 때는 절대 망설이는 법이 없거든."

발바로스는 경박하게 웃었지만 코를 훌쩍였다.

포레가 동정 어린 표정으로 그 얼굴을 올려다봤다.

"……심부름꾼, 우는 거야?"

"누, 누가 운다는 거야!"

"나도 슬퍼. 짜증나는 엘프였는데 왜 그럴까……."

사랑하는 딸이 눈물을 글썽이자 자간도 무슨 말을 해주면 좋을지 알 수 없어졌다.

고압적이고 공격적인 비프론스의 심복. 그 소녀가 상처 입는다고 누가 슬퍼하겠는가.

그럴 줄로만 알았는데 모두 한탄하고 있었다. 이 자리에 모인 사람들의 대부분은 피도 눈물도 없는 마술사들이건만.

――그 노래 때문일지도.

네프테로스가 부른 신령 마법의 노래. 그 노랫소리는 듣고 있으면 슬퍼지는 울림이 있었다.

마술사들의 마음에도 뭔가 전해지는 것이 있었던 것이다.

그런데도 어흠, 헛기침을 하는 자간.

"어, 어이, 너희들."

하지만 자간의 말을 가로막듯 샤스틸이 고개를 가로저었다.

"괜찮아, 자간. 무리해서 강한 척하려는 거지? 이럴 때는 너도 그냥 솔직하게 슬퍼하면 돼."

"아니, 그게 아니라……."

점점 말하기 힘들어지는 분위기에 말을 머뭇거리고 있자 그런 분위기를 파악하지 못한 초조한 목소리가 들렸다.

"……시끄러워요. 왜들 이렇게 시끄럽죠?"

네프테로스가 금색 눈을 뜨고 몸을 일으키고 있었다.

""""어……?""""

자간을 제외한 모든 사람들이 어안이 벙벙해서 눈을 커다랗게 떴다.

"사, 살아……있어?"

"상처는? 심장을 관통 당했잖아?"

발바로스의 말에 네프테로스는 자신의 가슴을 내려다봤다.

"심장……? 아앗?"

소녀는 실오라기 하나 걸치지 않은 모습이었다. 몸을 일으킨 순간 자간이 덮어준 로브가 홀랑 벗겨지고 만 것이다.

당황한 네프테로스는 손을 더듬어 로브를 찾아 몸을 가렸다.

그래도 그녀의 몸에서는 상처 하나 찾아볼 수 없었다.

"……다행이야!"

"응? 이, 이거 놔요! 당신에게 끌어안기는 취향 따윈 없거든요!"

네피에게 안긴 네프테로스의 갈색 피부가 붉게 물들었다.

"무슨 짓을 한 건가, 나의 왕."

라파엘이 눈을 부릅뜨며 묻자 자간은 귀찮은 듯 말했다.

"'진흙'만 태운 것뿐이다."

"아니, 팔이 관통했잖아?"

"……나도 치유 마술 정도는 사용할 줄 알아."

팔로 네프테로스의 몸을 관통했지만 그 순간에는 이미 치유 마술로 몸을 수복하기 시작했다. 상처 자체도 가능한 한 장기와 신경을 피해서 입혔기 때문에 본인에게는 한순간 호흡과 피의 흐름이 멈춘 정도의 느낌이었을 것이다.

물론 통증을 없애지는 못하기 때문에 네프테로스는 정신을 잃었다.

——네피와 포레에게 무슨 일이 생겼을 때 치유 마술을 사용하지 못해서 구해내지 못하는 일이 생기기라도 하면 큰일이니까.

그때를 위해 배운 마술을 이런 소녀에게 사용하게 될 줄은 몰랐지만.

키메리에스가 믿기지 않는 듯 중얼거렸다.

"그래도 그녀의 몸을 피해 '진흙'만 불태우는 게 가능한 겁니까?"

"……? 그 정도도 못하면 성 안에 있는 함정이 내 가족들에게도 발동하지 않나?"

당연한 일처럼 대답하자 키메리에스와 고메리는 아무 말도 못했다.

발바로스가 어이없다는 듯 머리를 흔들었다.

"이 녀석, 보기와 달리 섬세한 마술에 능숙하거든."

"이게 섬세 운운할 정도의 레벨인가……?"

그러고 있자 네프테로스가 네피를 밀어내고 일어나려 했다.

하지만 아직 몸에 힘이 들어가지 않아서 갑판 위에서 버둥거리기만 할 뿐이었다.

자간은 그 얼굴을 가만히 바라봤다.

"그래서? 이제부터 어쩔 생각이지? 이제 와서 비프론스 밑으로 돌아갈 의리 따윈 없을 것 같은데?"

그렇게 묻자 네프테로스는 고개를 숙였다.

"난……."

대답하지 못하는 네프테로스에게 네피가 손을 살짝 내밀었다.

"괜찮다면 같이 가지 않겠어요?"

네프테로스의 눈이 휘둥그레진다.

그리고 네피가 내민 손을 향해, 마치 만지면 큰일이라도 날 것처럼 머뭇머뭇 손을 내밀었지만…….

손과 손이 닿기 직전에 네프테로스는 고개를 옆으로 흔들었다.

"……나의 주인은 비프론스 님뿐이다. 너희들과 어울릴 생각은, 없다."

네피와 똑같은 얼굴이어도 마지막까지 귀여운 구석이라고는 찾아볼 수 없는 소녀였다.

——그건 그것대로 괜찮겠지.

자간은 어깨를 으쓱했지만, 이내 네프테로스의 옆구리 밑으로 팔을 넣어 그녀를 일으켜 세워줬다.

"좋을 대로 해. 하지만 그 로브는 나중에 돌려주도록 해라."

지금 당장 벗길 수는 없는 노릇이지만 이대로 그녀가 가져가면 그건 그것대로 곤란하다.

그렇게 말하자 네프테로스는 느닷없이 얼굴을 붉혔지만 분명히 고개를 끄덕였다.

"그럼 너희 주인에게 **잘** 부탁한다고 전해줘. 널 구해준 건 내가 보내는 답례라고."

"……? 알겠습니다."

네프테로스는 의미심장한 말에 고개를 갸웃거렸지만 얼른 고개를 끄덕였다.

그리고 밤하늘을 향해 조용히 떠나갔다.

"……가버렸어요."

"신경 쓰이나, 네피?"

"그건, 네……."

자신과 똑같은 얼굴을 가진 같은 종족의 소녀다.

목숨을 구할 수는 있었지만 결국 네프테로스가 누구인지는 알아내지 못했다. 신경 쓰지 말라는 게 오히려 무리다.

자간은 가볍게 어깨를 으쓱이며 대꾸했다.

"살아 있으면 언젠가 다시 만나겠지. 그때 하고 싶은 말을 하면 되지 않을까?"

"……네."

그렇게 대화를 나누고 있는데 갑자기 뒤에서 마술사들이 일제히 움직이는 기척이 났다.

무슨 일인가 싶어 뒤를 돌아보니 어떻게 된 영문인지 배 위에 남아 있던 마술사들이 자간의 앞에 무릎을 꿇었다.

'진흙의 마신'과의 싸움으로 목숨을 잃은 자, 전투에서 살아남았는데도 도망친 자, 이곳에 남아 있는 건 초대 손님의 절반에도 미치지 않는 수였지만 그래도 수십 명은 되었다.

고메리가 마술사들을 대표하듯 입을 연다.

"〈마왕〉 자간. 우리는 당신을 따르겠다. 당신의 명령에 따라 당신을 위해 끝까지 최선을 다하겠다. 그것이 당신 덕분에 목숨을 구한 우리가 지불할 대가다."

자간의 눈이 동그래졌다.

"다들 무슨 생각을 하는 거냐?"

이번 일에 맞서 함께 싸운 건 사실이지만 라파엘과 샤스틸을 가까이 두고 있다는 사실이 밝혀지면서 불신감 또한 가지게 되었을 것이다.

그런데도 이런 태도를 보이다니 어떻게 된 일일까.

당황하는 자간에게 키메리에스가 말했다.

"우리가 아는 〈마왕〉은 비프론스 씨 같은 사람입니다. 적대하고 싶지는 않지만 엮이고 싶지도 않죠. 그런 사람입니다. 그렇지만 당신은 조금 다른 것 같아요."

그렇게 말하고는 사자의 얼굴로 웃어 보였다.

"우리가 〈마왕〉을 따라야 한다면 우리를 버리지 않을 〈마왕〉을 따르고 싶으니까요."

자간은 한숨을 쉬었다.

"귀찮은 일이 늘어나기만 하는군."

하지만 결코 불쾌한 일은 아니었다.

"음~, 대충 보아하니 일도 잘 마무리된 것 같은데 제가 한 곡 부를게요!"

끈질기게 살아남은 세이렌 소녀가 노래를 부르기 시작했다.

아니면 네피의 노래를 듣고 경쟁심을 느낀 건지도 모른다.

야회에서 불렀던 시끄러운 노랫소리가 아니라 조용하고 아름다운 노랫소리였다.

네피가 하아 하고 한숨을 흘렸다.

"노래라는 건 정말 아름다운 것 같아요……."

——아니, 네 노래가 제일 아름다웠어…….

그렇게 말해주고 싶었지만 이런 때에도 자간은 그 말을 하지 못했다.

하는 수 없이 네피에게 손을 내민다.

"그럼, 춤출까?"

네피는 깜짝 놀랐는지 눈을 동그랗게 떴지만 뾰족한 귀 끝을 떨면서 고개를 끄덕였다.

"네!"

달빛 아래, 마술사들의 배 위에서 두 사람은 서툰 춤을 추었다.

◇

비프론스의 성.

어두컴컴해서 발밑도 잘 보이지 않는 회랑을 네프테로스는 걷고 있었다.

——괜찮다면 같이 가지 않겠어요?——

그렇게 말하며 자신에게 손을 내밀어준 소녀의 얼굴이 머리에서 떠나지 않았다.

"……바보 아니야?"

네프테로스는 그녀를 미워했다. 그 모든 것을 짓밟아줄 생각이었다.

──그런데 왜 나를 구해준 거지……?

따뜻해 보이는 그 손을 잡고 싶었다.

그런 생각이 떠오르자 서둘러 머리를 흔든다.

──난 비프론스 님을 모시는 하이 엘프야.

어떻게 주인을 배신할 수 있단 말인가.

게다가 그 소녀만 없으면 비프론스에게 버림받는 일도 없었을 것이다.

네프테로스는 우뚝 걸음을 멈춘다.

──그래……. 난 버림받은 몸이야…….

이대로 돌아간다고 비프론스가 자신을 받아줄까?

이용 가치가 있는 동안은 곁에 둘지도 모른다.

하지만 그 이용 가치를 증명하지 못한 것이 현재의 자신 아닌가.

주인을 향해 걸어가는 발이 갑자기 무겁게 느껴졌다.

바로 그때였다.

"뭐야, 설마 돌아올 줄은 몰랐는데."

귀에 익은 목소리, 지금 제일 듣고 싶으면서도 듣고 싶지 않은 목소리가 울려 퍼졌다.

"비프론스 님……."

자그마한 모습으로, 하지만 남자인지 여자인지 가늠할 수 없는 목소리로 마술사는 웃는다.

그래, 네프테로스는 이 마술사의 성별조차 몰랐다.

비프론스는 네프테로스의 몸을 찬찬히 뜯어본다.

"흐음, 마신의 침식을 받았을 텐데 의외로 다치지 않은 것 같네. 자간이 한 짓이야? 아니면 그의 엘프의 힘? 음, 아주 흥미로워. 아하하."

이 마술사는 네프테로스의 마음 따위 한 번도 고려해본 적이 없었다.

자신이 네프테로스를 버렸다는 사실조차 잊어버린 것처럼 그녀의 어깨를 툭툭 두드렸다.

"어쨌든 잘 돌아왔어. 그럼 실험을 계속해볼까."

"——비프론스 님."

조용히, 하지만 강한 목소리로 네프테로스는 이름을 부른다.

"왜 그러지, 네프테로스?"

"……이번 일, 어디까지가 비프론스 님의 계획이었나요?"

이 마술사는 네프테로스가 돌아온 걸 보고 놀라기는 했지만 자신이 살아 있다는 사실에는 별로 관심이 없었다.

자신이 신령 마술에 실패한 것도, 자간을 비롯한 다른 사람들의 도움을 받아 살아난 것도 계획의 일부였다는 생각이 들지 않을 수 없었다.

비프론스는 소름 끼치는 얼굴로 웃었다.

"글쎄, 어디까지일 것 같아? 아하하하하."

네프테로스에게는 그 얼굴이 인간이 웃는 모습처럼 보이지 않았다.

네프테로스가 입술을 깨물고 고개를 숙이자, 비프론스가 문득 생각난 것처럼 손을 마주쳤다.

"그러고 보니 그, 자간이 아무 말도 안 했나? 나한테 굉장히 화가 났던 것 같은데."

"……아뇨."

고개를 가로저으려다 퍼뜩 생각났다.

──그러고 보니 전해주라는 말이 있었지.

네프테로스는 마지못해 입을 열었다.

"저……, **잘** 부탁한다고 말했어요. 저를 구해준 건 그가 주는 답례라고."

"답례……? 후후후, 무슨 의미일까. 소중한 연구 재료를 돌려받았으니 오히려 내가 고맙다는 말을 해야 하는데."

그 순간 네프테로스는 고개를 갸웃거렸다.

"그런데 네프테로스, 뭘 달고 있는 거지?"

"네?"

비프론스의 시선을 따라가보니 네프테로스의 허리춤, 로브 주머니에서 종잇조각 하나가 튀어나와 있었다.

──그때…….

자간이 그녀를 구할 때 몰래 넣어둔 것이다.

비프론스는 한 발 정도 거리를 두고 물러났다.

"답례라는 게 그건가. ……어떤 마술이 걸려 있는 것 같은데. 네프테로스, 네가 펼쳐봐."

"……!"

함정이라는 것을 알면서도 이 마술사는 네프테로스에게 열어보라고 한다. 자신은 안전한 곳에서 보고 있으면서.

정말 구역질이 날 것 같았지만 그래도 자신의 주인이다.

네프테로스는 신중하게 종이를 꺼냈다.

"이건……, 초대장 같군요."

비프론스가 자간에게 보낸 야회 초대장이다. 자신이 네피에게 주고 온 것이니 틀림없다.

초대장을 펼쳐봤지만 마술 같은 것이 발동하지는 않았다.

"무슨 장치 같은 게 있는 것처럼 보이지는 않는데요."

"……흠. 그래 봬도 그는 실력 있는 마술사야. 내가 만지면 발동하는 장치일지도 모르지. 네프테로스, 그대로 펼쳐둘래?"

자간이 네프테로스의 목숨을 구해준 건 사실이지만 적에 대해서는 가차 없는 성격이라는 것도 깨달았다.

그가 비프론스를 노리고 마술을 걸어뒀다면 네프테로스가 거기에 말려들지 않는다는 보장이 있을까.

새삼 공포가 치밀어 올라 손이 덜덜 떨렸다.

그 모습을 본 비프론스는 재미있다는 듯 웃었다.

"그렇게 떨면 잘 안 보이잖아. 겁먹지 말고 똑바로 들고 있어."

마치 남 일처럼 말하는 모습에 네프테로스 안에서 분노의 감정이 싹텄다.

——왜 내가 이런 꼴을…….

이 얄밉게 웃는 얼굴을 때려주고 싶다는 생각이 간절했다.

그때였다.

"앗——."

철퍽, 하고 붉은 물방울이 흩어졌다.

네프테로스는 무슨 일이 일어났는지 이해할 수 없었다.

눈앞에 있던 주인의 얼굴이 느닷없이 파열된 것처럼 날아간 것이다.

손에 들고 있던 편지지로 머뭇머뭇 시선을 옮긴다. 그곳에서는 마력으로 이루어진 주먹이 튀어나와 있었다.

——이 팔은 자간의……?

마술로 이루어진 일시적인 주먹이지만, 그 주먹이 비프론스의 얼굴을 후려갈긴 것 같았다.

머리를 잃어버린 비프론스의 몸은 뒤로 벌렁 자빠지더니 몇 번인가 경련하다가 더 이상 움직이지 않게 되었다.

네프테로스는 그 자리에 힘없이 주저앉았다.

그렇게 무서운 〈마왕〉이 이렇게 허망하게 죽을 줄은 몰랐다.

얼마나 그러고 있었을까. 갑자기 비프론스의 시체가 움찔거리며 튀어 올랐다.

"우히힛, 아하핫, 아하하하아하핫!"

정신 나간 것처럼 웃더니 목 없는 시체가 자리에서 일어난다.

그리고 상처 부위에서 살덩이가 스물스물 기어 나와 소년도 소녀도 아닌 얼굴을 복원해나가기 시작했다.

“깜짝 놀랐지 뭐야. 마술사로 살아온 지 3백 년이나 되지만 죽은 건 처음이야. 아하하, 방금 그게 ‘죽음’이란 건가. 의외로, 뭐라고 할까……, 하마터면 가랑이 사이가 젖을 뻔했다고.”

고작 머리가 날아간 것 정도로, 아니, 한 번 죽은 것 정도로 이 〈마왕〉은 아무렇지도 않은 모양이었다.

비프론스의 유쾌한 웃음이 이어진다.

“그는 선언했던 대로 나를 때렸어. 대단해. 다른 늙은이들은 절대 이 정도까지 하지는 않거든? 아하하하, 다음엔 뭘 하고 놀아볼까. 기대되네.”

비프론스는 혼자 춤이라도 추는 것처럼 그 자리에서 빙글빙글 돌더니 네프테로스를 바라봤다.

“물론 너도 도와줘야겠어. 후후, 너도 자간의 엘프가 괴로워하는 게 보고 싶지?”

“말도……, 안 되는 소리, 하지 마세요.”

“어라? 화났어? 하지만 그게 네 소원이었을 텐데? 설마 도움 한 번 받았다고 정이 생긴 건 아니겠지?”

“……한 대 때려드릴까요?”

싸늘하게 대꾸하자 비프론스는 오히려 기뻐하며 얼굴을 가까이 댔다.

"후후후, 네가 그런 말을 할 때는 대체로 겁에 질렸을 때지. 그런 허세가 귀엽다으악?"

——때려주고 싶다.

그렇게 생각한 순간, 다시 편지지에서 주먹이 튀어나왔다.

다시 머리가 날아간 비프론스는 컴컴한 회랑에 쓰러졌다.

"……으음? 뭐, 뭐지? 그 마술, 네가……, 아니, 네프테로스의 의사에 반응하는 건가?"

두 번째 죽음에서 부활한 비프론스는 곤혹스러워하며 말했다.

네프테로스는 깜짝 놀라 편지지를 향해 시선을 떨구었다.

——아, 내가 화를 내면 이 마술이 반응하는 거구나.

보호 받고 있는 것과는 다르지만, 이것이 자간 나름의 '답례'인 모양이다.

그리고 비프론스가 편지지에 손을 대지 않으리란 것을——네프테로스에게 편지지를 펼쳐 보이게 하리라는 것을 자간은 예상하고 있었던 것이다.

아무래도 두 〈마왕〉의 암투는 자간이 한 수 위인 것 같다.

"……후후후."

네프테로스는 자신도 모르게 웃음을 흘렸다.

"그렇게 된 것이군요. 아주 좋은 선물을 받았습니다. 소중히 사용하도록 할게요."

앞으로도 비프론스는 자신을 도구나 한 번 쓰고 버리는 패처럼 다룰 것이다.

——하지만 그럴 때마다 복수를 할 수 있게 되었어.

그 정도로 기죽을 〈마왕〉은 아니지만 네프테로스를 화나게 만들까봐 어느 정도 주저하게 만드는 효과는 있을 것이다.

그렇게 생각하자 제법 유쾌했다.

비프론스는 보기 드물게 당황해서 말했다.

“아니, 잠깐 기다려! 저기, 네프테로스. 그건 그냥 처분하는 게 좋지 않을까…….”

“……? 왜 그래야 되죠?”

진심으로 의아한 듯 고개를 갸웃거리자 비프론스는 아무 말도 못했다.

그런 주인의 모습에 네프테로스는 소리 높여 웃었다.

자신이 그렇게 웃는 건 처음이라는 사실조차 깨닫지 못한 채, 소녀는 진심으로 웃을 수 있었다.

후기

여러분, 오랜만에 뵙습니다. 『마왕인 내가 노예 엘프를 신부로 삼았는데 어떻게 사랑하면 되지? 3』으로 찾아뵙게 된 테시마 후미노리라고 합니다.

이번에는 같은 마왕인 비프론스와 가족 여행! 호화 여객선에서 한껏 분위기도 잡아보기도 하고, 마술사에게 둘러싸인 샤스틸은 눈물을 글썽이고, 포레가 자간의 무릎 위에 앉자 자간은 딸바보의 면모를 유감없이 보여주기도 한답니다! 바로 그때, 네피의 앞에 나타난 것은 검은 네피.

네피의 출생과 〈마왕〉의 비밀을 향해 다가서는 가족 여행편!

조금씩 이야기가 전개되기 시작한 3권입니다.

이번에는 다들 드레스를 입고 한껏 멋을 냈기 때문에 일러스트도 화려해서 그저 기쁠 따름입니다. 개인적으로는 평소와 별반 다른 게 없는 척하면서 머리를 단정하게 매만진 자간을 강력 추천해 봅니다! 그리고 역시 네피의 드레스가 제일 화려하고 멋져요.

그나저나 네피는 역시 엘프 귀가 너무 귀여운 것 같아요.

하지만 한 번만 만져보자는 말은 여간해선 할 수가 없단 말이죠. 그렇다고 억지로 만지는 건 자간의 성격상 불가능할 테고요.

그렇지만 만져보면 어떤 느낌이 날까요?

연골 부분은 딱딱할 것 같지만 귓불은 부드러울 것 같고, 그렇지만 엘프처럼 큰 귀는 고양이처럼 측두근이 발달되어 있을 것 같으니 움찔움찔 움직일 수 있지 않을까. 이렇게 이번에 제일 진지하게 생각한 건 바로 그런 부분이랍니다.

이번에는 후기가 네 페이지나 되기 때문에 매니악한 이야기를 늘어놓게 되어서 죄송합니다.

이왕 매니악한 김에 하나 더. 원고라는 건 보통 초고(草稿)라는 첫 번째 원고가 완성되면 그것을 편집부가 확인한 다음 리테이크가 들어오고, 그것을 수정해서 초고(初稿)라는 교정고로 들어가게 됩니다. 그런 다음 가제본이라는 견본이 나와서 책이 만들어지게 되죠.

하지만 이번 원고는 초고(草稿)를 제출했더니 리테이크 없이 바로 교정고로 들어갔어요. 담당 K씨의 말에 따르면 '딱히 고칠 곳이 없네요'라고 하지만, 이런 패턴은 처음이라 기쁘기도 하면서 당황스럽기도 해서 마냥 어리둥절했습니다.

이번에는 가족 여행편이기도 해서 평소와 분위기도 조금 다르기 때문에 독자 여러분께서 재미있게 읽어주셨으면 좋겠어요.

그리고 한 가지 더 기쁜 보고가 있답니다.

본편도 3권에 들어서면서 절호조인 마노사 시리즈(이런 식으로 줄여 말해도 될까?), 드디어 만화화가 결정되었습니다! 현재 기획 진행 중이니 앞으로 점차 관련 정보도 알려드릴 수 있을 거예요.

어떤 만화가 될지 여러분도 기대해주세요!

그리고 앞으로의 예정에 대해 잠깐 말씀드릴게요. 10월 14일에 GA문고에서 신작 『마왕의 딸을 신부로 삼아 전원생활을 시작했는데 행복해지면 안 될 것 같다』가 발행됩니다.

제목을 보면 짐작할 수 있다시피 여주인공을 행복하게 해주고 싶지만 행복해지면 안 되는, 유유자적 러브 코미디 판타지랍니다. 마노사를 즐겁게 읽은 독자라면 마음에 드시지 않을까 합니다.

그리고 올해 겨울, 소설판 『데스크탑 아미 3 라푼젤의 마탑(가제)』이 발행될 예정입니다. 이 작품은 3부작으로 구성되어 있기 때문에 마지막권이죠! 소설판 주인공들도 상품화가 결정되었으니 기대해주세요!

그럼 이번에도 신세를 진 분들에게 감사의 인사.

매번 망설임 없는 지시와 충고를 해주시는 담당 K씨. 이번에는 특히 화려하고 멋진 일러스트를 그려주신 일러스트레이터 COMTA씨(네프테로스도 귀여워요). 표지 디자인, 교정, 광고 등에 힘써주신 모든 분들. 집안 청소와 벌 퇴치를 도와준 아이들. 그리고 이 책을 구입해주신 여러분.

감사드립니다!

2017년 8월 에어컨을 기다리는 더운 날에 테시마 후미노리

아틀리에 달의 창신관(窓新館) http://teshima.exblog.jp/

NEXT

마왕인 내가 노예 엘프를 신부로 삼았는데 어떻게 사랑하면 되지? 3

2018년 3월 5일 제1판 제1쇄 인쇄
2018년 3월 10일 제1판 제1쇄 발행

지음 | **테시마 후미노리**
일러스트 | **COMTA**
옮김 | **권미량**

발행인 | 이정식
편집인 | 오태엽
편집팀장 | 김충영
편집담당 | 윤찬영
한국어판 디자인 | Design Plus
라이츠사업팀 | 이은선, 조은지, 이선
출판영업팀 | 안영배, 경주현
제작담당 | 박석주

발행처 | (주)서울문화사
등록일 | 1988년 2월 16일
등록번호 | 2-484
주소 | 서울특별시 용산구 새창로 221-19(한강로2가)
전화 | (02)799-9174(편집), (02)791-0757(마케팅)
팩스 | (02)799-9334(편집)
인쇄처 | 코리아 피앤피

ISBN 978-89-263-8072-7
ISBN 978-89-263-6299-0 (세트)

●잘못된 책은 구입하신 곳에서 교환해 드립니다.

새로운 출발을 함께하는 제이노블 시리즈—!!
J-NOVEL 3월 인기 발행작—!!

슈퍼 커브

초판한정 특별 부록!
스탠드 거치형 일러스트 카드, 아크릴 일러스트 스탠드, 신작 단편 소책자 증정!!

토네 코켄 지음 / **히로** 일러스트 / **이엽** 옮김

야마나시의 고등학교에 다니는 여자아이, 코구마. 부모님도 친구도 취미도 없고, 아무것도 없는 하루하루를 보내던 그녀는 중고 슈퍼 커브를 구입한다. 처음 해보는 바이크 통학. 휘발유가 떨어지기도 하고, 다른 길로도 훌쩍 가보고. 그것만으로도 조금 모험하는 기분이었다.
일상의 소소한 변화로 만족하는 코구마에게 같은 반 레이코가 말을 걸어와 "나도 바이크로 통학해. 볼래?" 슈퍼커브 한 대가 그녀의 세계에 작은 반짝거림을 가져다주었다.

외톨이 소녀와 세상에서 가장 뛰어난 바이크가 엮어내는 치유계 작품의 등장!

마왕인 내가 노예 엘프를 신부로 삼았는데 어떻게 사랑하면 되지? 3권

초판한정 **스탠드 거치용 양면 일러스트 카드** 증정!!

테시마 후미노리 지음 / **COMTA** 일러스트 / **권미량** 옮김

마왕이 주최하는 선상 파티에 초대 받다!
집사와 딸이 생기면서 활기차게 변한 자간의 성.
여전히 서툴지만 조금씩 거리를 좁혀가던 자간과 네피. 그러던 어느 날, 갑자기 네피가 마을에서 습격을 당하는 사건이 일어난다. 그녀를 습격한 사람은——피부색이 다른, 네피와 무척이나 닮은 소녀였다!
그 사건 직후, 마왕 중 한 명으로부터 한밤중에 선상에서 열리는 연회의 초대장이 자간에게 도착한다. 성의 멤버들은 한껏 멋을 부리고 그 선상 파티에 참석하는데——.

무뚝뚝한 마왕과 세상 물정 모르는 엘프가 전하는 대인기 러브 코미디 판타지, 호화찬란한 제3권!

여신의 용사를 무찌르는 비열한 방법 -나는 사악한 신이 아니야.- 3권

초판한정 **스탠드 거치용 양면 일러스트 카드** 증정!!

사사키 사쿠마 지음 / **토사카 아사기** 일러스트 / **이엽** 옮김

"여신교의 대신전을 공격하겠어." 신이치는 선언했다. 최강의 마법사 '성녀'까지 마왕성의 주민이 되면서 인간 쪽에서도 이해해주는 사람이 나타났다. 바로 지금이 공격할 때라며 셀레스와 함께 성도로 진격한 신이치는 4대 추기경 중 한 사람인 페르메타를 겨냥해 공략을 개시한다. 그러나 마족이 평화롭게 살아가는 세상이 코앞까지 다가온 순간, 여신의 축복을 받은 그 남자가 1만 용사의 대군을 이끌고 부활하는데——.

쓰레기 참모 vs 여신교의 최종 결전?!
인기 절정의 이세계 용사 공략기 제3탄!

영웅교실 8권

초판한정 **책갈피** 증정!!

아라키 신 지음 / **모리사와 하루유키** 일러스트 / **한수진** 옮김

로즈우드 학교 친구들은 오늘도 쑥쑥 성장 중! 아인&츠바이 영조 남매, 인간이 되다?! 그들의 넘치는 에너지 때문에 여제님도 당황! 여름! 바다! 남쪽 섬으로 바캉스를 떠난 학생들. 그곳에서 블레이드와 클레어가 급격히 가까워지는데?!
돌아온 현대 학교! 어니스트가 소꿉친구이고 소피가 전학생?! 가상세계에서 펼쳐지는 영웅교실 '일반 학교 ver.'의 결말은 과연?!
서로 반목하는 학생들과 왕도 수비대. 이때 국왕이 양측에 지령을 내린다! 골치 아픈 몬스터가 도망쳤으니 토벌해라! 이번 '실전형 훈련'은 견원지간?! 수비대와의 공동작전?! 게다가 능력을 카피하는 몬스터라고?! 이거 완전 반칙이잖아?!

모험&청춘으로 가득한 제8권!

[코믹] 소드 아트 온라인 페어리 댄스 1권

초판한정 **스페셜 책갈피** 증정!!

하즈키 츠바사 만화 / **카와하라 레키** 원작 / **abec** 캐릭터 디자인

《아인크라드》에서의 데스 게임에서 빠져 나와 현실로 귀환한 키리토——키리가야 카즈토. 그러나《섬광(閃光)》의 아스나(유우키 아스나)는 아직 눈을 뜨지 못했다. 대체 아스나에게 무슨 일이……. 끊임없이 생각하며 계속 병원을 드나드는 카즈토. 어느 날, 격렬한 진동이 그렇게 흘러가던 일상을 뒤흔든다. 아스나의 약혼자라고 밝힌 남자——스고우 노부유키의 등장. 그리고 에길이 제공한 스크린샷에는 아스나로 보이는 아바타가 사로잡힌 모습이 찍혀 있었다.

키리토는 이 모든 것을 직접 확인하기 위해
새로운 VRMMO《알브헤임 온라인》에 다이브한다!!

여신의 이노센스 5권

초판한정 **책갈피** 증정!!

반도 타로 지음 / **베니오** 일러스트 / **김경훈** 옮김

쌍둥이 여동생·키리의 계략으로 토카센 여학교——일명·모모죠에 강제로 편입하게 된 평화를 사랑하는 남자 고등학생 신도 유키. 여학교에 홀로 내던져진 유키에게 부여된 사명, 그것은 학교에 존재하는 수재 여학생들인 '히메가미'를 꼬시는 것이었다.
히메가미 중 한 사람인 신도 치카의 음모로 인해 나루카미 카나미를 제외한 네 사람의 히메가미는 유폐되고 만다. 유키와 카나미는 잠입한 곳에서 마치 부부처럼 느긋한 시간을 보내면서도, 때가 오기를 기다린다. 그러던 중, 유키 일행은 히메비토에게 습격을 받는다. 하지만 그것이 모든 일의 마무리를 짓는 계기가 된다——?!
사로잡힌 공주들을 유키는 과연 구할 수 있을 것인가?!

사태가 긴박해진 대인기 학원 러브 코미디, 제5탄!

소설 걸리시 넘버 3권

초판한정 **스페셜 책갈피** 증정!!

와타리 와타루 지음 / **QP:flapper** 일러스트 / **도모토 유키** 흑백 일러스트 / **이엽** 옮김

시바사키 카즈하에게 영향을 준 두 성우, 소노우 모모카가 치토세와 카즈하를 특별하게 느끼는 이유, 그리고 신인 성우 사쿠라가오카 나나미는 어째서 그렇게나 치토세를 따르게 되었을까——?

카리스마 치토세를 지켜보는 사람들의 관점에서 그려지는 아이돌 성우 업무 현장 이야기 최종권!!

[걸리시 넘버] 소설&코믹 3권 한정 세트 동시 발행!!
한정판 특별 부록 아크릴 일러스트 카드 2종 증정!!
걸리시 넘버 완결 기념 이벤트 실시!!
전권 인증 시 고급 태피스트리 추첨 증정!!
(더 자세한 내용은 공식 카페를 참조해주세요!)

코믹 걸리시 넘버 3권

초판한정 **스페셜 책갈피** 증정!!

도모토 유키 만화 / **와타리 와타루** 원작 / **QP:flapper** 캐릭터 원안

일과 우정 사이에서 번민하게 되면 아무리 치토세라도 세상을 만만하게 볼 수만은 없잖아?!

소노우 모모카, 시바사키 카즈하라는 요즘 잘나가는 성우에게 둘러싸여 치토세의 오디션에 적신호가?! 그리고 삐걱대는 야에와의 관계도 어떻게 해야 좋을지 모른 채, 히로인의 자리와 우정의 행방은 과연 어디로 향할까……?
『역시 내 청춘 러브코메디는 잘못됐다』의 와타리 와타루가 그려내는 여성 성우들의 청춘을 코믹판으로도 체크♪

여고생과 오토바이, 그리고 모험.

슈퍼커브
1

한 대의 슈퍼커브로,
그녀의 세계는 바뀌기 시작한다.

초판 한정
스탠드 거치형 일러스트 카드,
아크릴 일러스트 스탠드,
신작 단편 소책자
증정!!

야마나시의 고등학교에 다니는 여자아이, 코구마. 부모님도 친구도 취미도 없고, 아무것도 없는 하루하루를 보내던 그녀는 중고 슈퍼커브를 구입한다. 처음 해보는 바이크 통학. 휘발유가 떨어지기도 하고, 다른 길로도 훌쩍 가보고, 그것만으로도 조금 모험하는 기분이었다. 일상의 소소한 변화로 만족하는 코구마에게 같은 반 레이코가 말을 걸어와──"나도 바이크로 통학해. 볼래?" 슈퍼커브 한 대가 그녀의 세계에 작은 반짝거림을 가져다주었다.

외톨이 소녀와 세상에서 가장 뛰어난 바이크가 엮어내는 일상과 우정.

지음/**토네 코켄** • 일러스트/**히로** • 옮김/**이엽**

NEXT

10,000명이 넘는 용사를 공략하는 신이치의 비열한 책략도 드디어 대단원! 인기 절정의 이세계 용사 공략기, 대호평의 3권!

여신의 용사를 무찌르는 비열한 방법 3

나는 사악한 신이 아니야.

쓰레기 참모 vs 여신의 용사 군단 10,000명!!!

———최종 결전 개막?!

초판 한정
스탠드 일러스트 카드
증정!!

“여신교의 대신전을 공격하겠어.” 신이치는 선언했다. 최강의 마법사 ‘성녀’까지 마왕성의 주민이 되면서 인간 쪽에서도 이해해주는 사람이 나타났다. 바로 지금이 공격할 때라며 셀레스와 함께 성도로 진격한 신이치는 4대 추기경 중 한 사람인 페르메타를 겨냥해 공략을 개시한다. 그러나 마족이 평화롭게 살아가는 세상이 코앞까지 다가온 순간, 여신의 축복을 받은 그 남자가 1만 용사의 대군을 이끌고 부활하는데——.

쓰레기 참모 vs 여신교의 최종 결전?!
인기 절정의 이세계 용사 공략기 제3탄!

지음/**사사키 사쿠마** · 일러스트/**토사카 아사기** · 옮김/**이엽**

NEXT